우연한 소비는 없다

| 차 례 |

물건의 뒤에서 ───────────────

물건을 살 때 습관이 있다. 물건의 뒤를 보는 것. 뒷면의 라벨에는 고객에게 전달하는 수많은 정보들이 깨알같이 적혀있다. 굳이 찾아서 보진 않지만 꼭 적혀 있어야만 하는 내용이다. 소재 정보, 제조 회사, 회사 주소, 포장 재질, 주의 사항, 고객 센터 연락처 등등. 보고 나서 읊어보라고 하면 하나도 기억도 안 날 내용이지만 굳이 살펴본다. 그러고 나서 잽싸게 머릿속으로 계산을 해본다. 이런 재료에, 저런 유통 과정을 거쳐서, 이 가격이구나. 그렇다면 제법 합리적인 소비겠다. 사자.

늘 이런 식이다. 물건의 뒤에서 일하는 MD의 삶에는 합리적인 소비의 길이 있겠지만 어지간히 피곤하다. 회사 밖에서도 보이지 않는 나름의 일을 하는 우리네 MD들이다.

그렇게 여기까지 왔다. 삼성물산(구 제일모직)에 입사하며 물건의 뒤통수를 바라보는 일을 시작했고, CJ ENM(오쇼핑 부문)에서 그 일을 이어가고 있다. 기록에 대한 욕심이 생겨 회사를 옮기기 전 브런치에 글을 쓰기 시작했다. 그러다 운 좋게 브런치북 프로젝트에서 금상을 받았다.

일하며 글을 썼다. 물론 회사일과 글 쓰는 일을 병행하는 것은 녹록지 않았다. 그래서 찾은 방법은 영역을 섞는 것이었다. 일과 글을 섞자. 업에 대한 이야기를 쓰자. 수많은 직업인들이 써 내려간 업에 대한 생생한 이야기를 보면서, 그렇다면 나는 MD의 일에 대해 적어보자,라고 생각했다. 일하며 겪은 에피소드들을 조리하고 양념을 쳤고, 일상의 사소함을 MD의 시선으로 녹여봤다. 소비를 좋아하는 사람뿐만 아니라 일상의 평범한 소비자들에게도 다가가기 위해 쉬운 글을 적어보고자 했다. 온라인을 통해 많은 분들이 보아주셨지만 책 맛은 어떨지 모르겠다. 준비는 다 되었습니다. 차린 건 적지만 많이 드세요. 꼭꼭 씹어 드세요.

나처럼 물건의 뒤에 있는 사람의 목소리를 전하고 싶었다. 이런 시도가 일상에서의 소비 경험을 풍성하게 하지 않을까 하는 마음으로 글을 썼다. 좋아하는 문학 작품의 명문을 빌려 소비의 찰나를 묘사했고, 우연한 소비의 우연하지 않은 MD의 준비를 기록했다.

글은 요행히도 브런치 위클리 매거진에 선정되어 포털의 메인 페이지에 매주 노출됐고 생각보다 많은 분들이 봐주었다. 누추한 글에 이리도 귀한 분들이! 20주 동안 연재했던 글과 다른 에피소드들을 엮어 한 권의 책으로 나올 수 있게 됐다. 글이 물성을 갖고 세상에 나올 수 있게 손을 내밀어 준 부크럼 출판사에 감사할 따름이다. 무엇보다 글의 첫 독자 역할을 마다하지 않고 해준 주영에게 감사의 인사를 전한다. 기다려준 엄마와 아버지에게도 마찬가지.

우연히 잡은 이 책 또한 누군가의 소비 기록 중 하나가 되겠다. 그래서 상상해봤다. 누군가 옆에서 이 책을 구입한 모습을 본다면, 참으로 합리적인 소비를 하셨군요,라고 말하는 순간을. 물건(책)의 뒤에 있는 사람이 앞으로 나오는 순간을 말이다. 소비의 앞과 뒤, 사소한 역전을 꿈꿔본다.

이제 우연히 만날 독자를 기다린다. 독자가 우연히 닿은 손길에는 우연하지 않은 준비들이 되어 있으니.

김현호

제1화

MD의
안식처

어쩌다 MD가 된 사람의 일상

그렇다. 어쩌다 나는 MD다.

숱하게 들어왔지만 딱히 실체가 없는 표현이 바로 MD 다. 도대체 MD가 뭐야,라는 분을 위해 설명하자면, MD 는 머천다이저Merchandiser의 줄임말. 이 표현은 상품 을 의미하는 머천다이즈Merchandise에 사람을 지칭하 는 어미 -er이 붙어 만들어졌다. 그렇다면 MD는 상품을 하는 사람? 상품과 관련된 일을 하는 사람? 물 건너온 표 현이라 그저 눈 껌벅거리며, 아 그렇구나, 하고 받아들였 는데 생각해보면 그 일을 하고 있는 나도 정의 내리기 모 호하다 싶었다. 업에 있어서 정의는 꽤나 중요하다.

MD. 상품과 관련된 모든 일을 하는 사람. 굳이 따지면 그렇게 말할 수 있지 않을까. 나처럼 편집숍의 MD로 특 정 콘셉트를 가지고 상품과 브랜드를 가지고 와 고객에 게 선보이는 MD도 있고, 한 브랜드의 소속으로 옷을 기 획해 생산하는 기획 MD도 있고, 해외 브랜드를 직접 가 지고 와 국내 고객에게 판매하는 바잉(buying) MD도 있 고, 백화점과 같은 유통 채널과 협업하며 고객과 접점을 찾아내는 유통 MD도 있고, 매장의 내·외부를 꾸며 고 객에게 상품과 브랜드를 매력적으로 보이게 하는 비주얼 MD(VMD)도 있다. 늘어놓고 보니 많다. 따지고 보면 일상의 모든 구석에 존재하는 상품을 위해 일하는 모든 이들을 MD라 할 수 있겠다. 이렇듯 거시적으로 봤을 때 사회 구성원 모두는 어떤 한 분야의 MD가 아닐까.

이어폰을 꽂았다

집을 나서며 가장 먼저 하는 일은 귀에 이어폰을 꽂는 일이다. 이어폰 없이 출근하는 길이란 조개 빠진 봉골레 파스타를 먹는 것처럼 의미를 잃는 일이다. 문 닫고 출근 길을 나서는 마지막 순간, 이어폰을 잘 챙겼으니 체크 완료. 현실이 들려주는 생활의 소리를 굳이 음악으로 차단해보고자 하는 의식이다.

책 또한 필수. 화려함이 과즙 팡팡 터지는 아이돌 광고 음료처럼 쉴 새 없이 뉴스가 터지는 패션 산업과 잠시 거리를 둔다. 머릿속처럼 엉킨 책상 위에 널브러진 책 중 가장 손에 닿기 좋은 책을 가방에 담았다. 그래 오늘은 세계사구나. 언젠가 들었던 팟캐스트 주인장이 추천한 그 책이다. <세상에서 가장 짧은 세계사>를 손에 들고 세상에서 가장 길게만 느껴지는 출근길을 나섰다. 편집숍 MD와 세계사의 조합. 말 궁둥이 가죽으로 만든 코도반 구두를 신고 도심 마라톤을 하는 듯한 생경함이다. 하지만 이 또한 허용되는 게 패션 산업 아니겠는가. 치마가 아닌 여성용 승마 바지를 처음으로 만들었던 샤넬처럼.

출근길 지하철 객실에 몸을 실으며 책을 볼 수 있는 공간적 여유를 눈치껏 살핀다. 한 손에 쥔 책을 보며 힐끗 현재 정거장을 확인하는 일도 필수. 멍하니 책을 보다 갈아탈 역을 놓치면 낭패다. 특히 출근길 1분 2분이 아쉬울 땐 더더욱 그렇다. 아차 하고 내려야 할 남태령역을 지나 선바위역으로 가게 되면 서울과 과천, 과천과 서울 사이를 넘나들어야 한다. 꽤나 고역이다.

50여분 되는 지하철 출근길에 그리스 민주정치와 로마의 민회와 집정관 챕터가 흘러갔다. 몇 십분 만에 백여 년이 넘는 삶의 흔적을 엿볼 수 있다는 것은 꽤나 매력적인 일이다. 업무 시간도 책장 넘기듯 후루룩 지나갔으면 좋으련만.

사무실에 도착했다.

가지고 온 책을 사무실 책상 한 구석에 내려놓고 노트북 시동을 거는 것으로 일과를 시작한다. 듀얼 모니터 왼편에는 전날의 주문 기록을, 오른편엔 홍보팀에서 스크랩 해 놓은 아침 뉴스를 띄운다. 매출 기록을 살피는 일은 부루마블 황금 열쇠 뒤집는 일처럼 긴장되는 순간. 서울. 서울. 서울. '서울로 가세요.'가 나와야 되는데 무인도 행이 나오면 그처럼 진 빠지는 일이 없듯, 매출이 생각만큼 나오지 않으면 하루가 고달파진다. 카이사르가 파르나케스 왕을 꺾고 "왔노라 보았노라 이겼노라"라고 말한 것처럼 내가 준비한 상품과 브랜드 판매가 잘 되었다고 쿨하게 말하고 싶은 아침이지만 가끔, 아주 가끔, "(집에서 회사까지) 왔노라 (매출을) 보았노라 (겨우) 이… 정도야?"라고 꼬리를 내릴 때도 있다. 그렇다. MD의 삶에서 늘 좋은 매출만 있을 순 없는 법이다.

메일함에 매일 쌓이는 일을 하나씩 쳐내다 보니 어느새 점심시간. 쭈쭈바 꽁다리처럼 작지만 귀한 점심시간 남은 십 여분 동안 활자로 된 섬으로 잠시 몸을 피했다. 사무실 데스크 구석에 놓았던 책을 펼쳤다. 짧은 시간 동안 책 속에서 몇십 년의 역사가 쏟아진다. 뜨겁고 치열했던 로마의 기록이 몇 줄로 압축되어 나에게 던져진다. 시대의 거대함을 텍스트로 접하고 다시 현실의 나로 돌아왔다. 이렇게 다녀오면 루즈했던 업무가 다시 신선해진다. '새로움'이 '보통'이 아닌 새로울 수 있게 해주는 책이란 존재는 편집숍 MD인 나에게 필수적 안식처다.

다시 상품을 정비하고 스웩(swag) 넘치는 사람들이 만든 옷들을 바라봤다. 어떤 것들이 남고 어떤 것들이 사라질까. 일을 하며 혼자 묻고 답을 찾아봤다. 역시 찾는다고 쉽게 나올 리가 없다. 그래도 한 가지 사실은 알 수 있었다.

샤넬의 트위드 재킷은 남았고, 여성의 몸을 옥죄던 코르셋은 보이지 않는다는 것.

제2화

_____

MD의
커 피

_____

미팅을 맞이하는 MD의 자세

신규 입점 브랜드 담당과 미팅을 하기로 한 날.

약속시간. 전화가 온다. 도착했다고. 잠시만요. 노트와 자료 주섬주섬. 안녕하세요. 먼 길 오시느라 고생하셨어요. 커피 드시겠어요? 잠시만요. 아이스 아메리카노요? 네. 아아 두 개 주세요. 레귤러 사이즈로요. 영수증은 괜찮아요. 다시 미팅 테이블로. 다시 안녕하세요. 명함을 주고받았다. 명함을 본다. 주소가 쓱 보인다. 다시, 멀리서 오셨네요. 드르륵드르륵. 진동벨이 울린다. 잠시만요. 양손에 커피. 드세요. 나도 마신다. 마른 속을 조금 채웠다.

입점 제안 자료 잘 봤습니다. 좋더라고요. 저희 편집숍이랑 잘 맞고요. 예뻐요 옷. 디테일하게 브랜드 설명 좀. 브랜드연혁히스토리컨셉생산기간품목주력상품프로모션경쟁사PPL마케팅홍보가격타겟. 네 좋군요. 판매 수수료는 이렇습니다. 네 감사합니다. 저희 편집숍에서는요, 판매대행기획전화보촬영영상촬영모바일라이브기획전인터뷰딜구성쿠폰프로모션방송노출잡지기사연계, 등등을 합니다. 괜찮은가요. 절차 진행되면 연락 주세요. 감사합니다. 기획전은 이 날 오픈하죠. 잘 부탁드려요. 자잘하게 남은 아이스 아메리카노 한 모금 들이킨다. 조심히 들어가세요. 연락드리겠습니다.

난 온라인 편집숍 MD다.

온라인 편집숍은 실제 매장(오프라인)은 없지만 웹과 모바일 상에서 눈에 보이는 곳곳은 매장으로 취급한다. 내부에서는 온라인에서 보이는 탭 하나를 실제로 매장이라 부른다. MD는 그 매장에서 발생하는 모든 일을 하는 게 일이다. 꽤 오래전부터 이어져 온 말.

MD는 말이야 '모든 걸 다 한다'의 줄임말이야,란 말을 굳이 하지 않더라도 매장 운영의 모든 일을 다 한다. 간판은 잘 걸려 있는지, 거리를 지나가는 고객들에게 매장이 잘 보이는지, 진행하고 있는 프로모션은 눈에 잘 띄는지, 매장에 먼지가 쌓이지 않았는지, 고객을 맞이하는 직원은 친절한지 등등. 실제 오프라인 매장의 운영 논리와 비슷하게 온라인 편집숍 운영 논리도 그에 따른다. 실행 방식의 차이만 있을 뿐. 고객이 사고 싶게끔, 편하게 살 수 있게끔, 재미있게 구입할 수 있게끔 만드는 것이 우리네 일이다.

1969년 미 국방성에서 계획한 아르파넷ARPANet이라는 군사적 목적의 네트워크가, 내가 몸담고 있는 직업을 만들었다는 현대사史의 기술적 위대함에 다시 한번 감사. 인류사史에도 감사의 마음을 전하자면, 원시시대 씨

족 간 재화 교환에서 발달한 물물교환에서부터, 재화를 만들고 시장을 만들어 낸 인류에 또 감사. 따지자면 밑도 끝도 없는 감사한 인류의 위대한 업적 위에, 온라인 편집숍 MD라는 직업이 만들어지게 되었다는 말이다. 업에 대한 감사함을 전하려다 보니 꽤 멀리 갔지만.

각설하고. 매장을 운영하려면 브랜드와 상품이 필요하다. 직접 상품을 기획하고 생산하는 일도 있지만, 대부분 브랜드의 상품을 위탁해 판매한다. 온라인 편집숍은 상품 판매의 창구 역할을 하는 셈이다.

이 일에는 수많은 브랜드와 협력사가 필요하다. 거미줄처럼 사방으로 뻗어 있는 이해관계 속에 꽤나 많은 사람을 만나서 이야기를 나눈다. MD에게 미팅은, 아무리 애를 쓰고 운명에서 도망치려고 했으나 결국 운명을 따르게 된 오이디푸스처럼, 운명이다.

미팅을 하지 않는 MD는 있을 수 없다. 전화와 메신저로도 메시지를 전달할 수 있지만, 만나서 이야기를 나누는 행동은 다른 차원의 일이다. 온라인이란 환경에서 일하지만 오프라인에서 눈을 마주치고 만나는 일을 해야만 한다. 아날로그Analog. 이런 미팅은 참으로 아날로그스럽다 할 수 있겠다.

아날로그는 여기서부터 저기까지의 과정에서 벌어지는
모든 슬픔과 기쁨, 고난과 희망을 챙겨서 간다. 디지털
은 여기서부터 저기까지 곧바로 간다.

− <밥벌이의 지겨움>, 김훈

김훈 작가의 말처럼 슬픔과 기쁨, 고난과 희망을 챙겨
서 미팅을 하진 않지만, 눈빛을 마주하는 미팅 자리에선
서로의 철학과 가치를 챙겨서 만날 수 있다. 각자의 정보
와 메시지를 전달하는 가운데 알게 모르게 서로의 가치
와 비전을 이해하게 된다. 이때 서로의 가치는 화학작용
처럼 불꽃이 일 수도, 삼투압 현상처럼 대화의 흐름이 어
느 한쪽으로 밀려들어갈 수도 있다. 이건 만나봐야 알 수
있다. 아이스 아메리카노를 벌컥벌컥 네다섯 잔씩 마시
며 릴레이 미팅을 하는 날이어도 만날 사람은 만나야 한
다는 게, MD로서 나의 작디 작은 사명이다.

이솝우화 <여우와 신포도> 속 여우의 생각처럼, 저 포
도는 틀림없이 너무 실 거야,라고 미리 단언지어 생각지
않으려고 한다. 상품과 사람은 실제로 만나봐야 한다는,
참으로 아날로그적인 생각으로 온라인 편집숍 MD를 하
고 있다. 어찌 보면 조금 구시대적일 수 있겠으나, 신화

속 시시포스Sisypos처럼 끊임없이 바위를 산 위로 올려
보내야 하는 우리네 일은 이런 것들이 아닌가 싶다.

　이렇게 오늘도 미팅을 마쳤다.

제3화

MD의
장바구니

장바구니란 표현은 어디서 왔을까

입구를 들어서자 훅 느껴지는 마트 특유의 냄새.

오랜만에 마트에 갔다. 동백꽃 더미로 쓰러지며 알싸하고 향긋한 냄새에 고만 아찔해지는 김유정의 〈동백꽃〉속 철없는 주인공처럼, 나도 아찔했다. 오늘은 철없이 돈 좀 쓰겠다. 그나저나 바구니가 어디 있더라. 공간의 구석을 살폈다. 저기 있다. 합성 플라스틱 재질의 퍼렇고 각진, 가로 세로로 빗살 내어져 위아래 옆에서 물건을 확인할 수 있는, 마트 바구니를 들었다. 카트를 끌고 올 걸 그랬나. 며칠 굶은 사람처럼 바구니에 물건들을 담았다. 의식의 흐름대로 대중없이 담다 보니 바구니가 꽤나 묵직하다.

삑 그리고 다음, 삑 그리고 다음. 계산대에서 결제를 마치고 챙겨 온 장바구니에 거듭거듭 물건을 옮겨 담았다. 장바구니를 챙겨 오면 환경 부담금으로 내야 하는 봉투 값을 아낄 수 있고, 사용한 봉투를 처리해야 하는 번거로움도 덜 수 있다. 게다가 짜임 좋은 장바구니는 봉투보다 더 든든하게 담을 수 있어 좋다.

유용하지만 딱히 쓸데없는 물건이 담긴 장바구니를 품에 안고, 낮게 경사진 에스컬레이터를 따라 주차장으로 향했다. 차에 물건을 옮겨 실으며 장바구니를 챙기길 잘

했다고 생각했다.

장바구니 (場——) [장빠구니]
[명사] 같은 말 : 시장바구니(장 보러 갈 때 들고 가는
바구니).
[유의어] 장망태, 장망태기, 시장바구니
– <표준국어대사전>, 국립국어원

집으로 도착해 산 물건들을 털어내고 빈 장바구니를 고
이 접으며 또 생각했다. 장바구니… 장바구니. 그러다 내
가 밥을 벌어먹고 사는 업業까지 생각이 다다랐다. 마트
와 시장을 오고 갈 때뿐만 아니라 우리는 온라인상에서
도 장바구니를 사용하는구나. 장바구니라니. 새삼스럽다.
0과 1의 이진법으로 이루어진 삭막한 온라인 환경에서,
특히나 상업적인 온라인 쇼핑공간에서 '장바구니'라는
물성을 가진 곰살맞은 표현을 쓰고 있었다.

로그인. 프로모션. 쿠폰. 청구할인. 카테고리. 스페셜 오
더. 캠페인. 이벤트. 에디션. 스타일. 시즌오프.

현실과 동떨어진, 만질 수 없는, 삭막하고 형태가 없는
표현이 난무하는 온라인 쇼핑 공간. 그곳에서 '장바구

니'란 표현은 제법 구체적이며 실체가 그려지는 유일한 단어다. 누가 처음 이 표현을 썼는지 모르겠지만 참 정감 가는 표현. 태초에 장바구니란 단어를 온라인 공간에 데려온 그분에게 박수를 보낸다.

현대를 살아가는 대다수가 알겠지만 다시 한번 짚자면, 온라인 쇼핑에서 '장바구니'는 구입 예정의 상품을 일시적으로 보관해 두는 기능을 말한다. '장 보러 갈 때 들고 가는 바구니'의 의미를 가진 '장바구니'는 온라인의 공간에서 한계 없는 거대한 그릇인 셈. 게다가 '장바구니'는 값을 치르기 전까지 한계 없는 허탈한 만족감 또한 느낄 수 있는 공간이다. 용량은 무한대. 용도를 위해 형태를 변형할 필요가 없다. 온라인 편집숍 MD의 삶을 사는 우리네는 실물로 만져지는 장바구니보다, 가상의 물건을 가상으로 담는 장바구니가 더 친숙하고 익숙한 개념이겠다. 그래서 같은 반 옆자리 친구처럼 하루에도 수십 수백 번 단어를 마주한다.

놀러 간 강가에서 눈에 들어온 매끈한 조약돌 주워 만지작거리듯, 마트에서 주워온 '장바구니'란 단어를 멍하니 만지작거렸다. 퍽 재미난 표현이라 생각했다. 단어를 만지작거리다 문득 다른 나라는 온라인 공간에서 '장바

구니'를 어떻게 표현하고 있을까 궁금해졌다. 잽싸게 구
글링.

영미권은 카트Cart, 쇼핑백Shopping bag 또는 백Bag.
이탈리아는 쇼핑백Shopping bag.
프랑스에선 바구니를 뜻하는 파니에Panier.
일본은 카트 또는 손수레를 의미하는 카토カート, 장바
구니 카이모노카고かいものかご.
중국은 쇼핑카트를 뜻하는 고우처购物车.

지구는 둥글구나. 나라별로 특수성이 반영되긴 했으나
표현의 방식은 비슷했다. 바구니라는 물적 특성을 지닌
표현을 전 세계에서 함께 사용하는 언어의 공시성共時性
을 장바구니에서 발견했다는 기쁨. 이곳에 사나 저곳에
사나 사람들의 생각 양태는 비슷하다고 생각했다.

장바구니에 물건을 담는 일은 설레는 일이다. 물론 결제
의 문턱을 넘기 전까지. 그런 의미로 사고 싶은 물건들을
장바구니에 무턱대고 담았다. 결제를 안 할 터라 집으로
배송되진 않으리라. 하지만 기대감은 공짜니까, 담는 행
위로 충분히 설레어 본다.

오늘도 누군가의 장바구니에 내가 준비한 상품들이 담기겠지. 모니터와 스마트폰 화면을 마주할 고객의 얼굴을 떠올려본다. 그대들의 기분은 어떠신가요? 좀 설레셨는지. 자자, 충분히 설렘을 즐겨주시고, 그렇다면 결제도. 집에서 택배를 받는 기쁨을 누려주셨으면 합니다. 이건 흔한 MD의 자그마한 바람입니다만.

제4화

MD의
명 함

삼성에서 CJ로 간 MD

당사 채용 전형 과정에 참석해주셔서 대단히 감사드리며, 면접 전형에 대한 합격 알림 및 차후 Process에 대한 안내를 드리고자 합니다.

명함이 바뀌었다. 파랗고 납작하게 둥근 로고의 명함에서 삼색의 오동통한 타원 로고의 명함으로. 다니던 회사의 사명이 바뀌거나 혹은 팀이 바뀌어 명함을 왕왕 바꾸긴 했지만, 적을 옮기긴 처음이다. 이번 생은 처음이라, 살아가며 처음이 아닌 일이 없겠다만 회사를 옮기는 일은 또 다른 차원의 처음.

조마조마한 마음으로 다시 지원서를 쓰고 면접을 보고 결과를 기다렸다. 다시 쫄보다. 나름 괜찮게 면접을 본 것 같지만 샤워를 하면서, 밥을 먹으면서, 운전을 하면서, 잠이 드는 순간에도 면접의 장면이 머릿속에서 무한 반복이다. 아, 이때 이렇게 말했어야 했는데. 헤어진 연인에게 지난밤 보낸 문자를 후회하듯, 이불킥의 연속. 살얼음 낀 수입 맥주 한 캔이라도 다 비워야 잠이 들었다.(술 마시는 데 이만한 핑계가 없다.)

F5. F5. F5. F5. 웹 페이지 새로고침 단축키를 끈질기게 누를 수밖에 없었다. 뻔한 광고 메일이라도 메일함에 도착하면 뜨끔하기 일쑤. 모든 관심은 지원한 회사의 방

향으로 15도 정도 기울어져 있다. 가파른 기울기는 아니지만, 감정이 한쪽으로 굴러가기 충분한 각도다. 어떤 단어와 키워드에 꽂혀 집중하다 보면, 신비롭게도 여러 곳에서 그 단어를 보게 되는 일이 있다. 공교롭게도 일상생활과 가까운 소비재 회사다 보니 자꾸 회사명이 눈에 띄었다. TV, 온라인, 택배, 슈퍼마켓, 카페 등등에서. 그 단어는 늘 그곳에 있었다만, 감각이 긴장된 탓에 눈에 자꾸 밟힌다. 털을 세우고 꼬리를 치켜올린, 배고파서 예민한 고양이처럼 며칠을 보냈다.

오전 12시 30분. 면접 결과 안내 메일이 도착했다. 합격이다. 늘어진 일상에 새로운 리듬을 부여하게 되었다. CJ로 왔다.

홈쇼핑 MD로 이직하셨네요?

삼성에서 CJ로 왔다. 좀 더 자세히 말하자면, 브랜드 옷을 만드는 제조업 베이스의 회사 삼성물산에서 다양한 브랜드의 유통을 전개하는 유통업 중심의 CJ로 이직했다. CJ ENM이다. (CJ 오쇼핑과 CJ E&M이 합병해서 만들어진 회사다.) 홈쇼핑으로 유명한 그 회사. 홈쇼핑 MD로 이직하셨네요?라고 묻는 사람이 대부분이다. 기대를 실망시킬 수 있겠으나, 홈쇼핑 MD가 아닌 온라인 편집숍

MD다. (어디든 갖다 붙이기 좋은 마법의 직업 단어 MD에 경의를 표해본다.)

전 회사와 잠깐 비교하자면. 삼성과 CJ. 같은 모태를 가진 기업이지만 결이 꽤나 다른 회사다. 이는 제조업과 유통업의 차이 때문. 상품을 만드는 회사와 (만들어진) 상품을 판매하는 회사의 다름이겠다. 물론 삼성 또한 유통을 책임지는 부서가 있고, CJ 또한 브랜드와 상품을 만드는 부서가 있지만, 앞서 말한 제조업과 유통업의 차이에서 두 회사의 차이가 발생한다.

삼성의 경우 상품을 만드는 제조 기반으로 성장한 회사다 보니 제조 원가와 마진율에 많은 신경을 기울인다. CJ의 경우 다양한 브랜드를 입점시키고 판매해 성장한 회사. 백화점, 마트와 마찬가지로 판매 수수료를 기반으로 수익을 발생시킨다. 그렇기 때문에 수수료와 이익률에 집중한다. 다른 회사가 만든 상품을 구축한 플랫폼에서 판매해 발생한 매출에서 일정 부분을 수수료로 받는 일. 유통 기반의 회사가 돈을 버는 구조다. 일반 소비자의 입장에서는 크게 와 닿지 않는 부분일 수도 있으나, 이러한 산업의 톱니바퀴 틈에서 월급을 받는 우리네 MD에겐 중요한 포인트다. 회사가 어떻게 수익 구조 모델을 만드는

가, 에 대한 문제기 때문이다.

구구절절했다. 굳이 회사 구조에 대한 애기를 한 건, 회사의 결이 다르면 구성원들의 생각하는 구조가 꽤나 다르기 때문이다.

어쨌든, 그렇게 편집숍 MD가 되었다.

오자마자 익혀야 했던 건 꽤나 달랐던 구성원들의 문화와 생각의 구조. 농구장에서 배구의 방식으로 공을 던질 수 없는 법이니 말이다. 이제 CJ방식으로.

1회 말, 다카하시가 제1구를 던지자 힐턴은 그것을 좌중간에 깔끔하게 띄워 올려 2루타를 만들었습니다. 방망이가 공에 맞는 상쾌한 소리가 진구 구장에 울려 퍼졌습니다. 띄엄띄엄 박수 소리가 주위에서 일었습니다. 나는 그때 아무런 맥락도 없이, 아무런 근거도 없이 문득 이렇게 생각했습니다. '그래, 나도 소설을 쓸 수 있을지 모른다.'라고.

　　　　　　　　　　　　　- <직업으로서의 소설가>, 무라카미 하루키

옷과 소비재를 좋아하지만 큰 재능을 갖거나, 많은 경험을 갖고 MD의 일을 시작한 것은 아니다. 그저 하루키의 말처럼 문득 나도 MD를 할 수 있을지 모른다,라고 생각했다. 맥락은 없지만 다분히 일상 속에서 맥락의 빈 구석을 채워가고 있는 중이다. 직업으로서의 MD일을 하면서.

명함이 바뀌었고, 업의 리듬이 바뀌었다.

내가 다룬 상품과 물건이 사람들의 눈길을 받고 손에 잡혀 이용되기를 기다려본다. 우리네 MD들의 생각이 다 그렇듯이.

제5화

MD의
엥겔 지수

엥겔 지수와 앵그리 지수의 상관관계

인간은 충족되지 않는 욕망과 권태 사이에서 오락가락 하는 시계추와 같다.

― 쇼펜하우어Arthur Schopenhauer

쇼펜하우어의 말은 시간이 꽤 흘렀지만 여전히 유효하다. 소비 욕망을 끌어내야 하는 편집숍 MD의 일을 업으로 삼아 그런지 모르겠다만, 내 삶의 시계추 또한 욕망의 방향으로 꽤 기울어져 있다. 쇼펜하우어의 말을 빌려, 권태의 틈은 비좁고 욕망의 기울기는 가파르다. 가파르게 기울어진 욕망의 시계추는 임계점에 다다르고, 높이 올라간 위치 에너지는 운동 에너지로 전환된다. 오른쪽으로 주욱 당겨진 추는 기울기에 비례해 빠른 속도로 카드결제로 연결. 장바구니 담기. 결제 완료. 추는 다시 권태의 방향으로 좌향좌. 통장은 텅장이 되고, 나의 자본은 자연스레 권태의 영역으로 입성한다. 텅장 덕분에 강제로 소비의 일상도 권태롭다. 소비 없이 몸은 잘 움직이지 않는, 소비를 늘 권장하는 MD의 실상이다.

쇼펜하우어의 말마따나 욕망과 권태 사이를 왕복하며 우리는 하루하루 살아간다. 충족되지 않은 욕망은 비단 물건을 구입하는 방향으로만 내리 꽂히지 않는다. 먹고 마시는 행위에도 마찬가지. 충족되지 않은 허기진 욕망은 실제 허기의 감정으로 이어진다. 헛헛한 마음을 식욕으로 채우는 것과 같다.

주말, 큰 맘 먹고 선택한 한우. 오랜만에 마장동에서 구성진 한우를 구워 먹은 주말 저녁이었다. "우리 앵그리 지수 너무 높은 거 아니야?"란 말에 난 "앵그리 지수가 아니라, 엥겔 지수 아니야?"라고 말했다. 일상에서 헛 나오는 그저 그런 말실수지만, 불룩 부른 배 두드리며 돌아오는 길에 생각해보니 앵그리 지수와 엥겔 지수는 어느 정도 상관관계가 있어 보였다. 사전 그 어디에도 '앵그리angry 지수'란 개념 없지만, 충분히 그럴듯했다. 행복하지 못해 성난 감정을 '앵그리 지수'로 치자면, 그 화로 인한 먹을 것에 대한 욕심은 소득 대비 먹거리 소비로 이어지는 '엥겔 지수'로 이어질 수 있지 않을까.

화 또는 스트레스

↓

스트레스를 풀기 위한 식욕의 고급진 발현

↓

엥겔 지수 증가

총 가계 지출액 중 식료품비가 차지하는 비율. 독일 통계학자 엥겔Ernst Engel은 소득 수준이 높아짐에 따라 먹을거리에 쓰는 비용의 비중은 줄어든다 말했다. 고개를 끄덕이며, 그래 맞는 말이지,라고 밑줄 치고 배웠지만 현재를 살고 있는 나의 일상을 돌아보니 책과는 달랐다.

연차는 쌓이고 월급은 올랐는데 먹을거리에 쓰는 비중은 여전하다. 아니, 비중의 무게는 더 묵직하다. 혹자는 그럴 수 있겠다. 식욕이 나의 능력치를 넘어서며 진화하고 있다고. 충분히 그럴 수 있겠다만, 나는 친구가 말한 '앵그리 지수'와 상관관계가 있다고 말하고 싶다. 충족되지 않은 욕망과 쌓인 화로 인해 맛있는 음식을 찾는다는 그렇고 그런 말. 쇼핑도 그런 맥락이겠다.

> 난관에 봉착하면 욕망의 실체가 드러난다. 하고 싶은 일이면 문제를 해결할 궁리를 하고, 하고 싶은 일이 아니면 문제를 핑계 삼아 그만둘 명분을 만든다.
>
> <쓰기의 말들>, 은유

은유 작가는 난관과 욕망에 대해 말했다. 그녀 말대로 일상에서 마주하게 되는 난관과 압박은 욕망의 민낯을 보게 만들었다. 문제를 해결할 궁리 대신 쇼핑과 맛집을 찾게 했고, 생활을 핑계 삼아 계속 일 할 명분을 만들었다. 그래도 다행인 점은 난관과 쇼핑, 월급과 명분 사이에 적절한 루틴을 찾았다는 점. 어찌 되었든 사회에 적절한 인간으로서 쇼펜하우어가 말한 시계추를 좌로 우로 꾸준히 움직이고 있다.

마장동에서 한우를 먹고 나오며 앞선 철학자와 통계학자를 떠올렸다. 의식의 흐름에 태클을 걸지 않은, 마음껏 뻗어나간 생각은 쇼펜하우어와 엥겔의 나라, 독일을 떠올리게 했다. 독일… 독일. 생각이 거기까지 닿자 때깔 좋은 갈색 빛의 시원한 맥주가 떠올랐다. 가까운 편의점에서 4개에 만 원짜리 독일 맥주를 집었다. 검은 봉지를 좌로 우로 흔들며 돌아오는 길에 생각했다.

엥겔 지수를 조금 더 높이는 저녁이겠다만, 적당한 진자 운동이라고.

제6화

MD의
이중생활

이중생활도 하기 나름

"현호님은 실제보다 글에서 좀 더 괜찮은 것 같아요."

'괜찮다'는 동료의 말에 칭찬인가 싶어 배시시거렸다가 순간 정신이 아득해졌다. 칭찬인가 디스인가 잠시 머뭇. 생활의 밀도와 내가 썼던 문장들의 밀도의 다름이 황해안 조수간만의 차처럼 크게 느껴졌다. 현실의 나는 바닷물이 빠져나간 펄 위의 삐쩍 마른 조개처럼 건조한 시선으로 모니터를 바라보고 있었다. 네, 저도 그 말에 동의하는 바입니다만. 생활은 라이브live고 글은 몇 번이고

쓰고 지웠던, 조금 더 정제된 모습이니 그럴 만했다고 생
각했다. 나 대신 책상 위 올려놓은 아이스 아메리카노는
잔 바깥으로 땀을 뻘뻘 흘리며 조금 미지근해졌다. 오늘
따라 커피가 조금 짜다.

　일상에서 이런 경험을 종종 만나게 된다. 맘에 드는 물
건을 장바구니에 담고 택배를 받았는데, 상품 소개와 손
안의 물건이 묘하게 다를 때. 메뉴판에서 가장 군침 도
는 이미지의 메뉴를 골랐는데, 내 메뉴보다 그저 그런 이
미지였던 옆옆 테이블의 메뉴가 더 맛있어 보일 때. 친구
결혼식 단체 사진 속 내 모습과 셀카가 상당히 다를 때
등등. 차이의 경험은 생활 속에서 개별적이며 동시에 전
체적이다. 앞서 '차이'라 일컬었지만, 이런 일들을 '이중
성' 또는 '부풀림'의 사례라 부르는 것이 낫겠다.
　이중성은 '하나의 사물에 겹쳐 있는 서로 다른 두 가지
의 성질'을 뜻한다. 서로 겹쳐 있는 성질 중 괜찮은 성질
을 꺼내 보여주는 것이 현대의 논리. 언급하지 않은 구석
도 본질 속에 어느 정도 속해 있다. 단지 그 부분을 언급
하지 않거나, 그럴듯하게 꾸몄기 때문에 우리는 종종 허
탈감에 빠진다. 이중성 또는 부풀림. 포도 원액이 4% 밖
에 들어가지 않았지만 포도 주스라 부르는 것처럼, 어찌

되었든 언급된 사례들은 거짓이 아니다. 백장 찍은 셀카 중 하나의 인생 사진도 '나'라고 말하는 것처럼.

뚜세Toucher*

동료의 말은 유효 득점이다. 매끈하게 빠진 펜싱 검 끝이 상대의 타점 부위 안에 들어온 것처럼, 동료의 말은 내 타점 부위에 날렵하게 꽂혔다. 점수 인정. 동료의 말 덕분에 일상의 나와 글에서의 나의 차이와 이중성을 돌아봤다. 그리고 일하면서 위대한 작품을 썼던 작가의 이중생활 사례를 떠올려봤다.

보험 회사 법률 고문으로 일하며 <시골 의사>, <변신>을 썼던 프란츠 카프카, 프랑스 외교관으로 일하며 <하늘의 뿌리>, <자기 앞의 생>으로 공쿠르 상을 2회 수상했던 로맹 가리, 우체국 집배원으로 일하며 12년간 시를 썼던 찰스 부코스키 등등. 나는 '주로' 일하고 '가끔' 글을 끼적이지만, 일을 하며 바지런히 위대한 작품을 남기기란 얼마나 고단하고 우악스러운 일이었을까 싶다. 그들의 삶과 작품을 볼 때마다 물개 박수가 절로 나올 따름이다. 어찌 그리 대단하셨는지요.

_____

* 펜싱 용어로 유효 득점을 뜻한다.

원래 이 집주인은 무슨 일이고 남보다 잘하는 것도 없
지만 무슨 일이든 참견하고 싶어 한다. 하이쿠를 한다
고 <호토토기스>에 투고를 하기도 하고, 신체시를 <
묘조>에 보내기도 하고, 엉터리 영어 문장을 쓰기도 하
고, 때로는 활에 빠지기도 하고, 우타이를 배우기도 하
고, 경우에 따라서는 바이올린을 끼익 끼익 켜기도 하는
데 딱하게도 어느 것 하나 제대로 하는 게 없다. 그런 주
제에 뭘 시작하면, 위도 좋지 않은 사람이 더럽게 열심
이다.

－ <나는 고양이로소이다>, 나쓰메 소세키

내 모습이 그렇다. 어느 것 하나 제대로 하는 것 없이 관
심은 더럽게 많다. 고양이의 시선으로 인간 사회의 이면
을 풍자한 <나는 고양이로소이다>를 보며 뜨끔했다. 작
품 속 묘猫 선생의 말 또한 '뚜세'. MD의 일, 하나만이라
도 잘했으면 좋겠다만, 관심은 빛을 사방으로 쏘아대는
미러볼처럼 전방위다. 그렇다고 글을 기깔나게 잘 쓰는
것도 아니다. 사진을 찍는 일도, 강의도 마찬가지. 밀도가
낮은 일상에서의 모습보다 글이 조금 더 괜찮다는 동료
의 말도 어느 정도 알 것 같았다. 이중생활도 내공이 단
단한 사람만이 할 수 있는 영역이리라.

퇴근길, 글에서의 내 모습이 조금 더 괜찮다는 말에 생

각의 포커스가 맞춰졌다. 그래? 그렇단 말이지. 조삼모사. '아침에 세 개는 너무 적다. 아침에 네 개를 달라!' 고 외쳤던 고사 속 원숭이 같은 기분이었다. 기분이 좋았다. 글이라도 실제 나보다 나았다니 다행. 어리석음에는 약이 없다고 했다. 글을 쓰는 지금은 그저 더 잘 쓰고 싶을 뿐이다.

다닥거리는 키보드 앞, 원숭이 같은 나에게 세 개든 네 개든 일용한 양식의 시간이다.

제7화

MD의
썸네일

엄지손톱만한 게 뭐라고

자판기와 마우스 소리만 공기 중에 떠다닌다.

한동안 그 누구도 말이 없다. 다들 썸네일 만들기에 열중이다. 모니터 너머의 실제 상품을 고객에게 전달하기 위해 이지러진 숫자와 튀어다니는 이미지를 가공하는 시간. 네모진 사무공간에서 일하는 우리네 MD는 왼편에 자판 키보드와 오른편에 마우스를 두고 각자의 상품에 주어진 일을 한다.(왼손잡이라면 그 반대겠지요.) 양손에 쌍검을 들고 대륙을 평정하려 했던 유비처럼, 하루에도 수십 수백 번 키보드를 내려치고 마우스를 전방위로 휘두른다.

업業의 영역에서 내달렸던 자아를 거두어 현실로 돌아오면 모니터 속으로 들어갈 듯 어깨와 고개를 주욱 뽑으며 미간을 찌푸리고 있는 나를 발견한다. 아 맞다. 이 자세는 건강에 좋지 않다던데. 현대사회 사무 인력들이 고질적으로 갖고 있는 안 좋은 자세의 총합이 바로 나였다. 어깨 힘을 풀고 허리를 의자 등받이에 기대며 모니터에 던졌던 시선을 거뒀다. 내쉬는 호흡에 눈길이 손끝에 툭, 하고 걸린다. 새삼스럽게 엄지손톱이 눈에 들어온다.

엄지손톱, 영어로 썸네일Thumbnail.

작고 아담한 엄지손톱에 우리네 MD의 업이 매달려 있었다.

썸네일*?

일상에서 입으로 소리 내어 잘 표현하지 않는 단어지만 활자로는 은근 익숙하다. 굳이 MD의 일을 하지 않아도 어색하지 않은 표현. 상품의 메인 이미지를, 영상의 하이라이트를 축약하는 장면을 작고 아담한 한 컷에 담아 놓은 것을 썸네일이라 부른다. 글이나 영상 옆에 붙어 있는 네모난 이미지, 모니터 상 실물로 잡히지 않는 조그마한 이미지를 전문적으로 이렇게 표현한다.

우리는 상대방에게 메시지를 전달하는 수단으로 말, 글, 표정, 몸짓을 쓴다. 그럼 상품과 정보는 자신의 이야기를 어떻게 전달할까. 다양한 방법이 있겠지만 첫 시작은 썸네일이다. 온라인에 둥둥 떠 있는 콘텐츠와 영상, 상품은 자신을 매력적으로 보이기 위해, 이해를 돕기 위해, 정보를 전달하는 페이지로 초대하기 위해 썸네일을 사용한다. 정보의 바다, 아니 정보의 홍수 속에서 상품과 콘텐츠는 자신을 어필하는 가장 첫 번째 방법이다. 물론 기가

---

* 인터넷 홈페이지나 전자책(e-book) 같은 컴퓨팅 애플리케이션 따위를 한눈에 알아볼 수 있게 줄여 화면에 띄운 것

막힌 카피나 문구로 소구하는 방법이 있지만 이미지와 함께한 텍스트는 더욱 직관적이기 때문이다.

웹상의 모든 정보를 볼 수 있게 해줄 뿐 아니라 하이퍼텍스트 문서 검색을 도와주는 응용 프로그램을 브라우저라 부른다. 인터넷 익스플로러, 크롬, 사파리, 파이어폭스 등등. 이름은 익숙지 않아도 한 번도 사용하지 않은 사람은 없으리라. 세월을 좀 더 거슬러 올라가자면 모뎀으로 PC통신을 하던 시절 사용했던 새롬 데이타맨 프로를 떠올릴 수 있겠다. 이런 툴을 브라우저라 부르는데 브라우저라는 단어를 뜯어보면 '(가게 안의 물건들을) 둘러보다.'라는 뜻을 지닌 브라우즈Browse란 표현이 눈에 띈다. 브라우저Browser는 말 그대로 둘러보는 도구인 셈이다. 우리는 '둘러보는 도구'를 사용해 웹상에서 이런저런 정보와 상품을 구경할 수 있다.

이렇게 따져보면 둘러볼 수 있는 하나의 웹 사이트를 매장 또는 백화점으로 생각해볼 수 있다. 하나의 매장 안에 다양한 브랜드들이 입점해 있고, 각양각색의 매력을 뽐낸다. 브라우저를 통해 매장을 둘러보던 우리는 매력 있는 상품에 발길을 멈춘다. '어머, 저건 사야 돼!' 마음속의 갈등을 불러일으키는 상품 앞에서 고민하다가 우리는 매장 안으로 들어간다. 들어가서 상품을 들어보고, 만져보고, 점원에게 묻기도 한다. 이 과정에서 매장 앞에서 최초의 '어머, 저건 사야 돼'라는 감정을 불러일으키게 하는 것. 바로 썸네일의 역할이다.

사각의 자그마한 썸네일을 다듬는 일, 우리네 MD의 일이다. 그러기 위해서는 발품이 아닌 손품을 판다. 사소하지만 중요한 손길이 많이 필요하다는 의미다. MD는 어떤 이미지가 상품을 가장 도드라지게 보일 수 있을까. 어떻게 하면 상세페이지를 클릭하게 만들 수 있을까 고민한다.

영미권 속담에 '악마는 디테일에 있다 The devil is in the detail.'는 말이 있다. 놓치기 쉬운 세부사항 속에 문제점이 숨어 있다는 뜻이다. 그렇기에 작고 애틋한 사각의 썸네일에 일희일비하는 우리네. 어떤 상품의 클릭률, 클릭에 따른 구매 전환율, 체류시간 등등 알 수 없는 숫자를 0.1% 단위로 발라내고 분석하는 일. 의미 없어 보이는 숫자와 이미지에 의미를 부여하는 일에는 자못 손품이 많이 든다.

"이건 상자야. 네가 갖고 싶어 하는 양은 그 안에 들어 있어."

그러나 놀랍게도 이 꼬마 심판관의 얼굴이 환하게 밝아 지는 것이 아닌가.

"내가 말한 건 바로 이거야! 이 양을 먹이려면 풀이 좀 많이 있어야겠지?"

- <어린 왕자>, 생 텍쥐페리

일하다 말고 자세를 고쳐 앉으며 바라본 손 끝 엄지손톱에 생각이 빵 반죽 부풀듯 부풀었다. 부풀어진 생각 속에 소설 <어린 왕자>에서의 양이 떠올랐다. 알다가도 모를 썸네일의 세계를 바라보는 일은 <어린 왕자>에서 조종사가 어린 왕자에게 그려준 양, 기실 상자 속 양을 바라보는 일과 닮아있다 생각했다. 알 것도 같고 모를 것도 같다. 그렇다고 영 모르겠다는 것도 아닌.

나를 비롯해 우리네 MD들 또한 <어린 왕자> 속 조종사에게 부탁하고 싶을 것이다. 고객이 왕창 구입하고 싶어하는 매력 넘치는 썸네일을 그려달라고. 그러면 그는 멋진 썸네일 대신, 빈 상자에 구멍을 몇 개 그려놓고 말할 것이다.

"이 구멍을 들여다볼래?"

Ps. 빈 상자에 구멍 몇 개, 그것도 나쁘지 않을 것 같다.

제8화

MD의
속 도

배송 표현이 이래도 돼?

당일, 빠른, 새벽, 샛별, 특급, 슈퍼, 번개, 총알, 로켓

이 날렵하고 잽싼 표현 뒤에 붙을 적절한 단어는 무엇일까. 액티브 엑스와 공인인증서의 압박 수비를 뚫고 장바구니에 물건 좀 담았던 사람은 쉬이 짐작하리라. 그렇다. 바로 '배송'이다. 빠르다 못해 우주까지 치솟을 기세의 표현은 구입한 상품이 고객 현관 앞까지 얼마나 빨리 도착할지 수식하는 말이다. 뜬금없는 생각이겠다만, 저 표현 중 가장 빠름을 형상하는 단어는 '번개'겠다. 그 무엇도 빛보다 빠를 순 없으니까. (빠름을 표현하는 더 좋은 단어가 있다면 알려주시길)

똑똑한 사람의 말을 빌리자. 스티븐 킹은 <유혹하는 글쓰기>에서 "문학이야말로 가장 순수한 형태의 정신 감응"이라 말했다. 여기에 숟가락 하나 얹어본다. '배송은 자본주의적 형태의 정신 감응'이라고. 텍스트로 거리와 시간을 뛰어넘는 글처럼, 배송의 시간 동안 물건과 주인은 시공간을 초월해 느낌을 주고받는다. 물건은 빨리 좋은 주인을 만나고 싶은 마음, 주인은 물건을 무사히 그리고 빨리 받아보고 싶은 마음.

바쁘디 바쁜 현대사회, MD의 마음은 늘 조급하다. 고객이 주문한 상품이 무탈하게, 잽싸게 전달이 되길 바란다. 우리네 일에는 기똥찬 상품도 중요하지만 나사NASA에서 쏘아 올린 로켓 같은 배송 속도 또한 중요 포인트다.

어찌하여 느림의 즐거움은 사라져 버렸는가? 아, 어디에 있는가, 옛날의 그 한량들은? 민요들 속의 그 게으른 주인공들, 이 방앗간 저 방앗간을 어슬렁거리며 총총한 별 아래 잠자던 그 방랑객들은? 시골길, 초원, 숲 속 빈터, 자연과 더불어 사라져 버렸는가?

　　　　　　　　　　　　　　　- <느림>, 밀란 쿤데라

지루함과 느림을 허용하는 게 죄악시 여겨지는 현대의 속도, 우리의 속도를 보며 과거를 반추했다. 과거는 어땠지? 남녀의 감응을 담은 지난날의 기록을 들춰봤다. 구들장 데우듯 진득하고 은근한 속도겠지,라고 생각했지만 의외의 면을 발견했다. 과거의 진도(?)는 생각보다 빨랐다는 점. 만난 지 하루 만에 사랑가歌를 부르며 옷고름을 푸는 <춘향전>의 속도와, 만난 첫날 사랑에 빠지고 다음 날 결혼식을 올린 <로미오와 줄리엣>을 보아하니 그렇다.

그렇고 그런 현대의 진도(?)는 의외의 더딘 속도감을 보여준다. 현대의 남녀상열지사에선 이리저리 사람을 재고, 썸을 타고, 시그널을 보내고, 누나가 밥은 잘 사주는지 확인해야 한다. 알아야 할 것도, 신경 써야 할 것도 많다. 주차증을 입에 물고 셔츠를 무심히 반쯤 걷어 올리고 조수석 헤드 부분을 자연스럽게 집으며 후진할 줄 알아야 하고, 상대가 머리를 묶을 때와 안 묶을 때 어떻게 미묘하게 다른지 말할 줄 알아야 한다. 하나하나 신경 쓸게 많다. 이러니 속도가 느려질 수밖에. 과하지도 모자라지도 않아야 하는 것은 물론이다. 이러한 현재를 생각하면, 과거의 속도는 오히려 새롭고 놀랍다.

속도는 망각의 정도에 정비례한다는 것.
— <느림>, 밀란 쿤데라

키보드 타이핑 하는 소리, 마우스 클릭 소리만 떠다니는 건조한 사무실의 백색 소음 속에서 배송 세팅을 하다 별안간 생각이 사방으로 뻗쳤다. 배송을 표현하는 단어가 달리 보인다. 빠른 배송을 지칭하는 말 중 샛별 배송은 좀 예뻐 보였다. 퇴근 시간이 가까워져서 그렇다. 여러 겹으로 이뤄져 있는 상품의 세계를 한 겹씩 챙기며 굽었던

등 주욱 폈다. 느리게 집에 가야겠다 생각했다. 속도는 망
각의 정도에 정비례하니까. 쿤데라 말마따나.

제9화

MD의
고 백

비주류 직장인이 되어버렸다

　고백하건대, 나는 비주류 직장인이다.

　직업으로서 MD의 삶을 살며 상품의 뒷단에서 나름의 살뜰한 역할을 맡고 있다. 하지만 본질의 나는 대부분이 말하는 스마트하고 건강한 직장인은 아니다. 한 움큼 삐딱하다. 물론 티는 안 난다. 주류의 직장인처럼 회사를 다니지만 한 움큼 삐딱함은 글을 쓰게 했고, (회사) 방송에 출연하게 했고, (가끔) 강의를 하게 했다. 이런 흔적들은 어느새 켜켜이 쌓아 올린 페스츄리처럼 부풀어 오르고 있었다. 이는 내가 삼성에 다녔고 CJ에 다니고의 문제는 아니다.

다녔던 회사와 현재 몸담은 회사에는 바르고 건강한 이미지의 '직장인'이 차고 넘친다. 대기업 채용 시스템의 위대함에 경의를 표하게 되는 부분. 그나저나 나는 어떻게 건강한 직장인 틈에 있게 되었나 싶다. MD이기 이전에 MD란 일을 할 수 있게 한 직장인으로서의 시간을 돌아봤다.

취업준비생 시절. 파르테논 신전처럼 우뚝 버티고 서있는 대기업의 공채 시스템을 바라보며, 저길 어떻게 들어가나 싶었다. 취업 전선에 뛰어들기 전, 이력은 덕지덕지 쌓았으나 취업 문턱 앞에서는 무너지기 직전의 바벨탑처럼 아슬아슬해 보였다. 그동안 뭐 했지?,란 가격 없는 물음만 허공에 뱉어냈다. 그러면서도 형체 없는 스펙이라는 벽돌을 꾸준히 쌓았다. 학점, 영어점수, 대외활동, 공모전, 자격증, 봉사활동 등등.(해외를 못 갔네요) 부족한 게 가진 것보다 많았지만 무엇이든 근거가 될 만한 것들을 아교로 단단히 발라 붙였다.

서류와 인적성 시험, 면접을 준비하는 동안 육체와 정신은 일제히 절그럭거렸다. 그도 그럴 것이, '나'를 시험대 위에 올려놓는 일, '나'는 좋은 가치를 지녔음을 증명하는 일을 끊임없이 해야 하기 때문이다. 힘들 수밖에. 겪어 본 바로는, 취업준비생은 실은 안팎으로 그리 건강하지 못하다는 것. 이럴 때 답은 치킨이다. 주변에 힘겨운 취준생이 있다면 치킨 한 마리 사주자. 그는 당신을 평생 잊지 않을 것이다. 그렇게 나는 꾸역꾸역 치킨을 얻어먹으며 취준생이란 타이틀에서 벗어나게 되었다.

 "합격하셨습니다."
 작고 애틋한 사회생활 시작을 위해 고군분투하다가, 운 좋게 삼성 제일모직에 들어왔다(진짜 운이다). 첫 사회생활이 삼성이라니. 시쳇말로. 바늘로 쿡 찌르면 파란 피 나온다는 삼성맨이 되었다. 정규 교육과정을 무사히 마치고 대기업에 입사했습니다, 와 같은 문장. 적절한 자리에 마침표가 딱 찍힌 문장처럼, 완벽한 문장을 이루며 사회생활의 문턱을 넘은 것 같은 느낌이었다. 이름 옆에 붙은 파랗고 매끈한 타원형의 로고는 꽤나 잘난 사람이 된 것 같은 느낌을 줬다. 출근길, 매끈한 맞춤 셔츠에 타이를 단단히 졸라매며 이만하면 나도 주류일까, 생각했다. 삑. 삑. 삑. 삑. 엘리베이터 앞, 삑 소리 나는 게이트에 사원증을 찍으며 주위에 함께 들어가는 저 선배들과 같이 입장하니, 그럴듯했다.

이렇게 이 글이 끝나면 좋으련만. 해를 거듭할수록 좋고 싫은 것이 분명해졌다. 싫어하는 일은 망설임 없이 죽을 쒔고, 좋아하는 일은 천연하게 잘하게 되었다. 취향은 점점 단단해졌다. 멀끔하게 클래식 슈트를 입던 입사 초반과는 달리, 모자를 쓰고 반바지를 입었고, 수염을 기르고 머리를 빡빡 밀었다. 패션회사니까 가능했다. 사실 조금 눈치는 보였지만.

회사에서 주최한 사내 공모전에서 상을 받고, 상으로 인해 팀을 옮겼다. 새로운 브랜드를 만드는 팀. 거침없이 신선한 일에 취했다. 큰일 났다. 엉덩이 들썩거리는 일에 취하면 답도 없다는 걸 이때 눈치 챘어야 했다. 역시나 회사일은 마음대로 되지 않았고, 새로운 팀은 해체되었다. 다시, 원래 일하던 팀으로 컴백. 신선한 일의 취기가 깨니 머리 핑핑 돌았다. 아기자기하게 즐거운 맛이 있던 정돈된 업무에 재미를 잃기 시작했다. 남의 단추를 내 셔츠에 채운 것 마냥 어색했다. 어느 날 거울을 보니, 조금씩 불행한 사람의 얼굴을 하고 있었다. 못 생겨졌다.(진짜)

못생긴(불행한) 얼굴을 한 직장인. 그 이후는 예상 가능하다. 퇴사. 유행처럼 주류가 되어버린 퇴사 행렬에 발맞춰 비주류가 되었다. 일 년 동안 여행하고 글 쓰고 놀고 먹었다. 누군가에겐 올드한 스토리지만, 나에게는 참신했다. 좋아하는 것들로 따박따박 일상을 채웠다. 아, 이 맛이구나. 자유롭게 생활하고 돈을 버는 아티스트처럼 살고 싶었다. 허나 한 움큼의 삐딱함만을 가진 뻔한 직장인이었던 나. 돌아오는 끼니와 고지서 앞에선 날이 무뎌질 수밖에 없었다. 주류와 비주류 사이, 어딘가 존재하는 그 기운으로 인해 솜사탕처럼 달고 벙벙하게 부풀어 올랐던 나는 다시 현실 감각을 되찾아야 했다. 목에 사원증 걸고 삑 소리 나는 게이트를 지나가야 할 때가 되었음을 깨달았다.

'사람을 움직이는 힘은 꽤나 물질적이고 구조적'이라고 은유 작가는 말했다. 사회인으로서 움직이기 위해 물질적이고 구조적인 일과 몸담을 조직이 필요했다. 내가 그나마 신명나게 일 할 수 있는 곳이 어딜까. 정교하게 고민했고, 산업을 훑었다. 주류의 일이지만 약간의 비주류 감각이 필요한 조직이 어디일까 생각했다. 처음 취업 준비를 하던 그때처럼, 다시 지원서를 쓰고 면접을 봤다. 상품의 뒷단에서 살림을 챙기고 구매, 프로모션, 제휴 등 다양한 일을 동시다발적으로 진행할 수 있음을 피력했다. 다시 운 좋게 타원형의 로고를 가진 회사에 왔다. CJ. 다시 직장인이 되었다. 이전과는 다르게, 튀어 다니는 생각들은 회사의 시스템 안에서 정갈하게 선명해졌고 한 움큼의 삐딱함은 크리에이티브로 순화되었다. 이만하면 살짝 비주류도 나쁘지 않다고 생각했다. 비주류든 주류든 활용하기 나름.

여기까지. MD이기 이전에 비주류 직장인으로서의 고백이다.

제10화

MD의
품 평

씨 뿌리는 MD

어딜 둘러봐도 옷이 풍년이다.

옷을 만드는 사람, 파는 사람이 봇물을 이루면서 어지간하면 옷을 잘 못입는 사람을 찾기 어려운 시대다. 거리에서 마주치는 이들의 옷은 하나같이 곱고 정갈하고 다채롭다. SNS에선 더더욱이 그렇다. 피드에 비치는 옷들은 빛을 한껏 쏟아낸다. 그들 피드 속 매일은 패션의 향연. 옷을 어쩜 저렇게 잘 버무려 입을까. 패완얼(패션의 완성은 얼굴)인가 패완월(패션의 완성은 월급)인가 싶다가도, 자진모리에서 안단테를 넘나드는 글로벌 레퍼토리의 패션 센스를 지닌 이들의 착장을 보며 그저 배 아파한다. 그런 센스를 가르쳐 주는 학원이 있다면 나도 등록하고 싶다.

말 그대로 옷 풍년. 그 풍년에 일조하고 싶다. 내가 가꾼 농장에서 자란 옷들이 패션 센스 넘치는 이들의 옷장에 들어갔으면 하는 게 우리네 MD의 마음이다.

수확을 하기 위해선 밭을 갈고 씨를 뿌리고 물을 대야 한다. 이건 농부의 일. 적당한 때에 적절한 상품을 세상에 내놓기 위해 MD도 농부와 비슷한 일을 한다. 상품 기획. MD의 일이다. 북극성 좇아 어스름한 방향 찾아가듯, 브랜드의 이야기와 시즌에 어울리는 아이템을 방향 삼아 옷의 디테일을 더듬어간다. 뼈대가 만들어지고, 여기저기 살이 붙는다. 이렇게 앞으로 나아가는 일은 불확실성의 연속이지만 반드시 가야만 하는 일이다. 떨린다.

꽃망울 팡팡 터지는 소리 들리는 계절. 이때, MD는 가을과 겨울을 준비한다(더 나아가 내년 봄과 여름을 기획하는 이들도 있겠다). 상품이 출시될 일정을 체크하고, 어떤 품목을 얼마나, 어떻게 만들지 기획한다. 형체가 없는 기획에 숨을 불어넣는 일을 계속하면, 어느 정도 구체성을 띠고 물성을 갖게 된다. 이렇게 물성을 가진 옷을 만져보는 일. 품평회를 했다.

— 품평회

물건이나 작품의 좋고 나쁨을 평하는 자리다. 가을과 겨울에 판매할 옷을 준비했다. 옷들을 한자리에 모아두는 작업을 계속. 사무실 여기저기 수배한 옷 샘플들이 산더미다. 얼핏 보면 비슷한 옷으로 보일 수 있겠다만, 눈송이 결정체 모양 다르듯 양태는 비슷하나 개성은 제각각이다. 따지고 보면 작은 차이들. 차이가 아주 근소하더라도, 근소한 차이 또한 엄연한 차이다. MD는 그 작은 차이를 파고들어야 한다. 작은 차이 하나로 그 옷을 살 수도 사지 않을 수도 있기 때문이다. 신중해진다.

옷을 여유 있게 둘러볼 공간이 필요하다. 회의실에 책상과 의자를 한 곳에 밀어 넣고 공간을 만들었다. 옷이 빽빽하게 걸린 행거를 끌고 와 공간을 채웠다. 준비한 밭에 어떤 씨앗을 뿌려야 할지 결정하는 자리. 준비한 옷들을 솎아내고 정제해야 하는 시간이다. 채워야 할 부족함을 찾아내고, 비워야 할 요소들을 걸러야 한다. 이때의 기분은 오디션 프로그램의 심사위원 기분이랄까. 스튜디오를 꽉 채웠지만 누군가는 뽑히고 누군가는 떨어져야 한다.

샘플마다 이름을 부여하고, 디테일을 기록한다. 예상 출시 일정과 수량, 소재와 디테일, 공급 원가와 같은 정보들이 차곡차곡 엑셀에 쌓인다. 기록 행위는 일의 시작이자 끝. MD뿐만 아니라 상품과 관련된 모든 부서원들과 상품에 대한 이야기를 나눈다. 평가를 하고, 인사이트를 공유한다. 긴 호흡이지만 긴장의 끈 놓을 수 없는 순간. 팝콘 터지듯 여기저기 튀어 다니던 옷의 개성들은 강줄기가 바다로 흘러가듯 보이지 않는 공동의 테마 안에 고이기 시작한다. 옷과 옷 사이에 박자가 느껴지고 다음 시즌의 방향이 명징해진다.

북극을 가리키는 지남철은 무엇이 두려운지
항상 그 바늘 끝을 떨고 있다.
여윈 바늘 끝이 떨고 있는 한 그 지남철은
자기에게 지니워진 사명을 완수하려는 의사를
잊지 않고 있음이 분명하며
바늘이 가리키는 방향을 믿어도 좋다.
만일 그 바늘 끝이 불안스러워 보이는 전율을 멈추고
어느 한쪽에 고정될 때
우리는 그것을 버려야 한다
이미 지남철이 아니기 때문이다.

- <떨리는 지남철指南鐵>, 민영규
신영복 교수의 <담론>에서 인용

품평회를 통해 다음 시즌의 방향이 또렷해졌다. 하지만 조금 떨리는 건 사실. 방향성이 또렷해졌다지만 그 방향의 끝은 남쪽을 향하는 철, 지남철(나침반)의 바늘 끝처럼 떨릴 수밖에 없다. 옷을 고르는 고객의 마음은 알다가도 알 수 없는 일이기 때문이다. 이때, 크지도 작지도 않은 적당한 수준의 불안감이 돈다. 그렇다고 고장 난 지남철처럼 바늘 끝이 고정되는 것도 경계해야 한다. 떨림을 유지하라는 건 정체되지 말아야 하는 MD의 숙명이기 때문이다.

다음 시즌을 위한 씨앗 준비가 끝났다. 이제 잘 자라고 수확할 수 있도록 과정을 단단히 여미는 시간. 이제 농부의 일처럼 고단하고 손이 많이 가는 일을 계속해야 한다. 풍년까지는 모르겠다만. 건강히 삶을 유지할 수 있는 수준의 수확이 되길 바라본다. 이건 MD로서 작은 바람이다. 모든 MD가 그러겠지만. 고대해본다.

자, 품평을 마쳤습니다.

제11화

MD의
문 장

업을 대하는 나만의 프레임, 문장

잘 다듬어진 하나의 문장은 멋들어지게 잘 차려입은 착장이다.

무릎을 탁 치게 만드는(실제로 무릎을 치진 않습니다만) 문장을 보면 런웨이 무대 위 쇼피스 착장이 떠오른다. 그런 문장이 모여 있는 책과 문단은 한 시즌 패션쇼 같은 느낌이랄까. 삐쩍 마른 감정을 띵하게 울리는 명문장은 오뜨꾸뛰르 피날레 착장을 떠올리게 한다.

좋아하는 작가를 떠올려봤다. <인간 실격>의 다자이 오사무 문장은 알렉산더 맥퀸의 옷이, 이상李箱의 <날개> 속 문장은 꼼데가르송의 옷이 떠오른다. 문장을 읽는 방식에 따라 각자 마음속 떠오르는 옷 스타일이 있지 않을까.

반대의 개념도 가능하다. 옷차림은 하나의 문장이다,라고. 옷장 속에 누구나 손이 자주 가는, 단단한 박음질의, 선이 담백한 그런 옷 하나쯤은 있겠다. 가볍게 입는 날도, 적당히 격식을 차리고 싶을 때도 입는 그런 옷. 이훤 시인은 '너는 내가 버리지 못한 유일한 문장이다.'라고 말했듯, 손이 자주 가는 그런 옷은 버리지 못하는 유일한 문장이다. 어떤 착장이건 함께 곁들이고 싶은 옷은 그런 문장이겠다. 주문처럼 자꾸 되뇌게 되는 기분 좋은 입말처럼 손이 절로 가 습관처럼 그 옷을 몸에 걸치게 된다.

　문장을 보고 옷을 생각하고, 옷을 보며 문장을 떠올린다. 이게 패션 또는 편집숍 MD의 삶을 사는, 우리네 일이다.

　곧 봄, 새로운 시즌이다. 개성 넘치는 브랜드 상품과 콘셉트 소개 문장들이 속사포 랩처럼 메일함에 때려 박힌다. 국어 영어 불어 일본어 등등으로 쓰인, 얼핏 봐도 그럴듯한 문장을 마우스 커서와 눈으로 좇는다. 깜박이는 커서 속도로 내 눈꺼풀도 껌벅거린다. 꼬리를 활짝 펼친 수컷 공작새처럼 화려한 문장에 시선을 뺏긴다. 매끈하게 잘 빠진 룩북에 시선을 빼앗긴다. 하루 종일 무언가에 나를 빼앗긴다. 퇴근 시간 즈음이면 나도 모르게 꽤 많은 게 비워져있다. 말 그대로 속이 허하다. 그럴 땐 별다른 양념 없는 슴슴한 평양냉면처럼 구김 없이 담백한 문장이 당긴다.

　출근길에 챙겨 온 박준 시인의 산문을 한 모금씩 읽었다. 화려함에 무뎌진 감각들이 차츰 선연해진다. 편집숍 매장에 옮겨 담았던 상품과 문장들이 다시 보인다. 좋은 옷과 좋은 문장이 눈에 들어온다. 물론, 그렇지 않은 경우도 가끔 있다. 그럴 땐 개성이 뚜렷한 옷은 도리어 덤덤

한 문장으로, 정제된 옷은 디테일을 돋보이게 하는 문장으로 수식을 붙여준다. 음식의 간 맞추듯 밸런스를 맞춘다. 문장과 옷의 밸런스가 맞으면 그 또한 하나의 잘 입은 착장으로 느껴진다.(이는 저만 느끼는 감상일 수도 있겠지요.)

옷을 상품으로만 바라보면 질릴 수밖에 없는 게 MD의 일이다. 그럴 땐 옷을 문장으로, 문장을 옷으로 생각한다. 가끔은 옷을 음식으로, 음악으로, 동물, 식물로 떠올리기도 한다. 이렇게 옷과 다양한 감각 사이를 왔다 갔다 하다 보면 좋은 영감을 받기도 한다. 나의 경우는 주로 책과 문장에서부터다. 자칫 뭉툭해질 수 있는 MD의 일에 문장이라는 스위치를 두었다. 옷과 문장, 문장과 옷 사이를 오가면 지루해질 수 있는 일이 제법 신선해진다. 업에 탄력이 생긴다.

누구나 삶과 업을 대하는 자신만의 프레임이 있지 않을까. 〈미생〉의 장그래에겐 바둑판이 그렇듯, 편집숍 MD인 나에게는 문장이 그것이다.

제12화

MD의
소 비

호모 콘수무스의 삶

요리를 하고 있으면 셰프, 글을 쓰고 있으면 작가다.

그렇다면 쇼핑을 하고 있는 순간, 우리는 누구일까. 흔하고 쉬운 영미권 접미사 er을 붙여 표현하자면 쇼퍼 shopper. 우리말 사전에서 쇼퍼를 찾아봤다.

shop·per
[명사] 쇼핑객

물건을 구입하는 사람을 뜻하는 영어 표현 '쇼핑'과 손님 또는 사람의 뜻을 더하는 접미사인 한자어 '객客'의 만남이다. 굳이 섞어 쓰자면, Shopping客. 뜨거운 아이스 아메리카노, 차가운 핫초코를 주문하는 것 같은 이도 저도 아닌 표현이겠다. 영어와 한자어의 생경한 조합. 게다가 접미사 객客은 주체적 의지를 가진 사람을 뜻하는 뉘앙스가 아닌 방청객, 등산객과 같은 외부에서 찾아온 손님과도 같은 인상을 풍긴다. 그렇다. 조금 게을러도 되는, 외부에서 찾아온 손님 개념의 쇼퍼는 주체적으로 물건을 사는 바이어buyer와는 또 다른 개념이다. 그래서 물건을 살 때 우리는 바잉을 한다라기 보다 쇼핑을 한다,라고 표현한다. 같은 구매의 의미지만, 핵심은 다르다.

모니터 위에서 이리저리 발광하는 상품을 마우스로 장

바구니에 옮겨 담으며 나는 누구인가 생각했다. 철학자 데카르트의 제1명제 '나는 생각한다. 고로 나는 존재한다.Cogito, ergo sum'의 생각을 대충 빌려 존재를 정의해봤다. 나는 쇼핑한다, 고로 존재한다. 쇼핑을 하고 있는 지금, 나는 고로 존재하고 있다. (물론, 저만 이런 방식으로 존재하는 건 아니겠죠?)

"당신이 사고 싶은 물건은 무엇입니까?"라고 묻는다면 일인칭 시점의 대답과 삼인칭 시점, 두 대답으로 가를 수 있겠다.

"내가 갖고 싶은 물건이요."라는 일인칭 시점과 "저 물건을 가진 내 모습을 보고 싶은, 남들이 나를 봤을 때 어떤 물건을 소유했는지 보게끔 하는 물건이요."라는 삼인칭의 시점으로.

늘 쇼핑을 할 때 일인칭과 삼인칭의 경계를 넘놀며 소유를 합리화시키고 있다. 머리로는 치열하게, 몸은 게으르게, 마우스를 휘저으며 온라인 쇼핑을 하고 있다. 이때 대부분 소유를 타당하게 셀프 설득하며 정신 승리를 이뤄낸다. 결제하시겠습니까. 예.

내쉬는 들숨 날숨처럼 특별히 인지하지 못한 채 우리는 일상 속에서 늘 소비하고 쇼핑한다. 호모 콘수무스Homo

Consumus. 소비하는 인간이란 뜻이다. 현생 인류의 발달을 표현하는 호모 에렉투스, 호모 사피엔스를 시작으로 무엇이듯 '호모'란 수식어를 붙이기 좋아하는 현대 지식인의 말장난 같은 표현. 하지만 이보다 더 있어 보이는 표현은 없겠다.

장바구니에 물건을 담고, 쇼핑하는 우리는 "호모 콘수무스로서 오늘도 최선을 다했다"고 말하면 있는 힘껏 멋있어 보일 수 있다. 만화 <슬램 덩크Slam dunk> 속 '정대만'이 산왕 공고와 경기에서 거친 숨을 몰아쉬며 "그래, 난 정대만. 포기를 모르는 남자지⋯."라고 말했던 것처럼 자신을 확인해보자. (쇼핑에) 포기를 모르는 자신이라고. 자고로 호모 콘수무스는 살짝 뻔뻔해야 한다.

> "이런 게 멋진 인생이오, 보스 양반. 살맛나는 인생에다 닭 한 마리까지! 자, 봐요. 난 지금 바로 이 순간 마치 죽을 것처럼 행동합니다. 황천길로 떠나기 전에 후다닥 닭 한 마리를 먹어 치우는 거요."
> ─ <그리스인 조르바>, 니코스 카잔차키스

호모 콘수무스, 즉 쇼퍼에게 세상을 감각하는 방법은 물건을 사고 소비하는 일이다. 이런 감각들은 쇼퍼를 만족시키는 일을 하는 MD에게 필수적 역량이다. 벼르고 별러 길러온 쇼핑객으로서의 감각을 MD의 일을 통해 발현해 본다. 덕업일치. 아직 갈 길은 멀었지만 숫자로 매출이 찍히는 모습을 보며 만족스러움을 느낀다. 그리고 문자 한 통을 받고 뿌듯함을 더했다. 주문한 상품이 무사히 집에 도착했다는 문자. 신난다. MD보다 호모 콘수무스의 삶이 더 재밌는 건 어쩔 수 없다. 묘하게 헛헛한 마음이지만 퇴근길이 기다려졌다. 순간, 통장을 스쳐가는 월급을 떠올랐지만 이미 배송 완료다. 시무룩해지는 통장 잔고 숫자 사이에 엊그제 읽었던 〈그리스인 조르바〉 속 책 한 문장을 밀어 넣었다. 호탕한 그리스인 조르바의 말처럼. "이런 게 멋진 인생이오."라고.

Ps. 조르바처럼 치킨과 함께 한 언박싱은 더 멋지겠다.

제13화

MD의
숫 자

숫자로 이루어진 세계

    우리네 MD는 숫자를 통해 먹고사는 노동의 수고로움을 이어간다.

    입고 싶은 옷, 미끈한 상품을 다루는 것 일이 전부로 보이지만, 실제는 그보다 많은 시간을 숫자에 할애한다. 좋은 물건을 많은 사람들에게 접하게 하고 파는 일은 정교한 숫자의 구조 위에 이뤄진다. 물론 이는 회사라는 조직을 통해서. 회사는 태생적으로 사적 이익을 추구하는 곳이다. 조직을 영위하기 위해 마땅히 사적 이익을 좇을 수밖에 없다. 물론 그 덕분에 월급을 꼬박꼬박 받으렷다. 이런 회사의 언어는 단단한 숫자로 이뤄져 있고, MD는 숫자로 구조를 만드는 토목 공사 작업을 지속한다. 물론 이 공사에서 엑셀은 작업의 시작이자 끝. 엑셀을 지도 삼아 구조를 채워간다. 그중 이익과 관련한 숫자는 가장 중요하다.

"이번 달 취급고 목표가 어떻게 되지요?"

회사에서 간단한 미팅을 하다 MD에게 쉽게 물을 수 있는 말이다. 그런데… 취급고?

뭔지 몰라도 회사와 관련된 숫자란 느낌이 강하게 든다. 매출, 이익, 영업이익까지는 뉴스를 통해 어느 정도 감이 오는 표현이지만 취급고는 확실히 단언하기 어렵다. 어떤 숫자를 표현하는 걸까.

> 취급고는 홈쇼핑 회사가 판매한 제품 가격의 총합을 뜻한다. 매출은 홈쇼핑 회사가 제품을 판매하고 제조사로부터 받은 수수료에 직접 구매해서 판매한 제품(PB제품)의 판매금액을 합한 것이다.
>
> － <한국경제> 2013.10.02. 기사 중

광고회사, 홈쇼핑, 온라인 커머스 기업설명회IR 자료 또는 애널리스트 분석 보고서에선 취급고라는 표현을 쉽게 찾을 수 있다. 하지만 해당 업에 종사하지 않는 이들에게 이 표현은 낯설 수밖에 없다. 살갗에 닿는 가까운 사례는 이럴 수 있겠다.

이번 달 A 매장에서 한 달 동안 1,000원어치 과자를 팔았다. 물론, 1,000원짜리 과자를 찾기 어려운 시대이건만 그렇다 치자. 자체 제작한 상품PB을 제외하면 한 달간 취급고는 1,000원이다. 여기서 매출이 200원이란 말은 1,000원짜리 과자를 팔아 수수료로 20%인 200원을 벌었다는 의미다. 수수료와 매출의 차이다. 앞서 말했다시피 취급고와 매출은 내 업의 목줄을 쥐고 있는 핵심 숫자 중 하나다.

"이 상품 한계이익은 맞출 수 있을까요?"

이익은 알겠는데 한계이익? 순 매출액에서 변동비를 빼서 산출한 이익이란 뜻이다. 이건 또 무슨 소린가 싶다. 단순히 생각하면 한계이익 또한 크면 클수록 좋은 거다. 순 매출액에서 변동비, 즉 재료비, 노무비, 제조 간접비, 소모품비, 기타 경비 등등을 제외한 금액이다. 번 돈에서 차 떼고 포 떼고 한 총 금액이란 말이다. 더 들어가고 싶지만 복잡해지니 여기까지만.

보이지 않는 숫자에 목 길게 뽑고 끌려 다닌 채 일하다 보면 취급고, 한계이익을 비롯한 숫자들은 막 흔들어 놓은 식혜 밥알처럼 둥둥 떠다닌다. 이럴 땐 숫자로 일상을 해석하게 된다.

숫자로 생각하는 게 일상이 되다 보니, 쓰잘머리 없는 일상도 수의 세계로 다가온다. 영화 <매트릭스> 속 주인공 네오가 바라보는 초록빛 세계처럼, 장맛비 같은 숫자들이 일상의 형질에 쏟아져 내린다. 역시나 비를 피할 길은 없다. 이럴 땐 그냥 포기하고 숫자로 만들어진 비를 시원하게 맞는 게 편하다.

녹갈색 라인의 7호선 열차를 타고 이수역에서 푸른색의 4호선으로 갈아탔다. 잠이 덜 깬 아침, 하늘색에 가까운 4호선 라인 컬러는 출근길을 대하는 마음과 다르게 생기 넘치게 느껴진다. 이 컬러는 팬톤社의 16-4535 컬러인 Blue Atoll을 닮아 있다.

열차의 머리서부터 시작되는, 숫자가 적힌 지하철 객실이, 플랫폼 바닥의 알 수 없는 숫자 앞에 나란히 서고, 수많은 사람들이 쏟아져 나온다. 각자의 지정된 시간에 맞춰, 각자의 속도에, 각자의 무게와 각자의 핸드폰 배터리 숫자만큼의 낙낙함과 각자의 월급만큼의 돈을 벌러, 서로의 숫자로 쏘아나간다. 220 270 235 280 265 250.

각자의 발 사이즈에 맞게 발을 감싸는 신발을 신고, 사선으로 과감하게 서로 보폭을 넓혀 걷는다. 나도 그중 하나겠다.

그렇게 도착한 사무실. 걸걸하게 목이 잠겼다만, 그나마 탄력 있는 목소리로 아침 인사를 건넸다. 평균 대화 데시벨 보다 낮게 깔리는 45 데시벨 정도 목소리지만, 좋은 아침이죠? 밤새 침묵했던 일상의 눅진함을 뚫고 나온 목소리 덕에 잠이 조금 깬다. PC를 켜자마자 대기한 숫자들이 100미터 달리기 출발하듯 모니터를 뚫고 나온다. 정신이 번쩍 든다. 숫자의 모서리가 날카롭다. 취급고와 매출 숫자를 바라보는 조마조마한 MD의 감정이 투영된 듯하다.

> "바로 그거야. 숫자가 너무나도 간단하다는 사실, 그게
> 바로 숫자에서 귀신이 곡할 노릇이야. 원래는 숫자 계산
> 에 계산기도 필요 없을 정도야. 숫자 계산을 시작하려면
> 한 가지만 있으면 돼. 그건 다름 아닌 '1'이야. 1만 있으
> 면 너는 거의 뭐든지 할 수 있어."
>
> – <수학 귀신>, 한스 엔첸스베르거

썸 타는 사람과의 카톡 확인하듯 취급고를 수시로 확인했다. 하지만 걱정한다고 지금 당장 달라질 수도 없는 숫자들이다. 일단 숫자 정리부터 시작한다. 이럴 땐 초등학교 때 책장에 꽂혀있던 〈수학 귀신〉 속 말처럼 계산을 시작할 '1'만 있으면 '일'을 어떻게든 할 수 있다. 그렇게 숫자의 일은 수고롭지만 필수적이다.

엑셀을 켜고 숫자의 공상에서 벗어나 현실 숫자의 세계로 들어갔다. 이리저리 튀어 다니던 숫자에서 어느 정도 리듬이 보인다. 취급고. 영업이익. 한계이익. 수수료. 판매율. 재고율. 강약약중강약약. 숫자의 리듬에 강약이 생긴다. 오늘은 취급고가 좋다. 이럴 때 MD의 숫자는 나름 신명나는 장단이다.

얼쑤.

제14화

MD의
꽃 점

같은 물건의 다른 삶

갖고 싶은 물건이 (또!) 생겼다.

MD는 견물생심에 취약하다. 보는 물건이 많으니 갖고 싶은 물건 또한 많다. 이럴 땐 보통의 소비자와 마찬가지로 초록창을 열어 검색. 최저가를 찾는다.

아, 여긴 배송비가 따로 붙네. 그렇다면 다른 곳에서. 여기는 적립금을 더 주는구나. 그런데 비싸네. 여긴 사은품이 꽤 괜찮은데? 그렇다면 여기서 사야겠다. 아, 아니다 자주 사던 곳에서 사야지. 곧 고객 등급이 올라가니까….

자신과의 내적 대화가 가장 활발한 순간. 최저가, 배송,

사은품, 혜택들을 머릿속으로 계산해본다. 뇌의 시냅스와 시냅스 사이, 뉴런이 영화관 팝콘 터지듯 팡팡 튀어 다닌다. 이렇게 공부했으면 어머니 잔소리가 덜 했을 것은 분명하다. 고르고 골라 한 곳에서 물건을 장바구니에 옮겨 담고 결제를 마친다. 오늘도 충실히 소비자의 일을 다했다. 내수경제에 충분히 이바지했으니 이제 택배를 기다릴 차례다.

같은 물건이지만, 실은 같지 않다. 생뚱맞은 표현 같지만 온라인 소비가 낯설지 않은 우리는 감각적으로 알고 있다. 어디가 더 싸지?라는 물음을 가슴에 품고 사이트와 사이트, 검색창과 가격 비교를 넘나든다. "동일한 상품은 어떤 시장에서든지 가격이 같아야 한다."라는 경영학, 경제학에서 배운 '일물일가一物一價'의 원칙은 현실 소비 생활과는 먼 얘기다.

MD의 일로 돌아왔다.
몸담고 있는 편집숍의 기획 행사를 준비한다. 상품에 매달려 있던 가격과 판매조건을 변경한다. 물론 이는 MD 단독의 판단으로 불가능하다. 협력사와 협의는 필수. 판매처에서 물건을 직접 구입해 구색을 갖추고 소비자에게 최종 판매하는 구조가 아닌, 판매 중개를 하는 구조다 보니 협력사와 늘 소통해야 한다. 판매처에서 직접 구입해 유통 판매를 전개한다고 해도 이는 마찬가지다. 쉽게 복덕방을 떠올리면 된다.

협력사와 프로모션 내용과 할인율, 판매 수수료를 협의하고 행사를 꾸린다. 눈에 보이는 작업은 아니지만 봄에 모를 심고 가을에 벼 수확하는 농부의 일처럼 나름의 단계와 과정이 있다. 협의한 상품과 가격을 바탕으로 이미지를 구성하고, 소비자의 눈에 띌 수 있는 노출 구좌를 확보한다. 행사 일정을 확인하고 온라인과 앱, 문자, 이메일을 통해 여기저기 행사 소식을 알린다. 호외요 호외. 추수를 기다리는 마음으로, 많이 팔려야 할 텐데,라고 꽃점도 쳐본다. 답을 알 수 없는 고객의 마음을 점칠 때는 괜스레 소녀 감성이다.

온라인 편집숍의 행사도 오프라인과 별다를 게 없다. 우리가 자주 이용하는 백화점을 떠올려보면 이해가 쉽다. 백화점 기획 행사시 브랜드들이 참여하고 상품과 가격, 행사 내용을 함께 기획한다. 백화점은 모객과 집객, 홍보와 마케팅을 준비하고 브랜드는 판매와 운영을 맡는다. 온라인 편집숍도 이와 유사한 운영 형태를 지닌다. 단지 실물이 보이지 않는다는 차이가 있을 뿐.

같은 물건의 다른 가격, 혜택 등의 궤적을 보며, <마담 보바리>를 쓴 프랑스 작가 구스타브 플로베르Gustave Floubert의 '일물일어설一物一語說'이 떠올랐다. 일물 일어는 말 그대로 '하나의 사물을 나타내는 데는 단 하나 의 단어밖에 없다'란 뜻.

플로베르는 그의 제자 모파상에게 "온 세상에 완전히 똑같은 두 알의 모래나, 두 마리 파리나, 두 개의 코가 없 다"라고 말했다. 글을 쓸 때 현상에 딱 맞는 말을 골라야 한다는 그의 말이다. 위대한 작가의 가르침에서 '말'을 '물건'으로 바꿔봤다. 내가 파는 물건도 마찬가지겠다. 온 세상에 완전히 똑같은 물건은 없겠다. 가격, 혜택, 배 송, 물건을 사는 기분에 따라 같은 물건이지만, 다양한 현 대의 조건으로 인해 철저히 다른 물건이지 않을까.

플로베르의 생각을 좀 더 훔쳐봤다. 같은 물건을 취급 하지만 조금은 다른 특별한 물건이 되게끔 하는 일, 바로 MD의 일이라고. 같은 물건의 다른 삶을 만드는 일이 바 로 우리네 MD의 일이다. 기분 좋아지는 글과 사진으로 물건에 가치를 더하고, 좀 쉽게 이용할 수 있는 사용법을 일러주는 일 등등.

준비한 물건을 고객에게 내보이는 날. 감수성 넘치게 하는 긴장감으로 오늘도 조심스레 꽃점 쳐본다.

잘 팔릴까. 안 팔릴까. 잘 팔릴까. 안 팔릴까. 잘 팔릴까. 잘 팔릴까. 잘 팔릴까.

잘 팔릴까.

제15화

MD의
계 절

MD의 계절은 간주 점프

막바지 더위가 한창이었고 그 무렵 가장 더운 날이었다. 내가 탄 기차가 터널을 빠져나와 햇빛 속으로 뛰어들자 내셔널 비스킷 컴퍼니 사의 뜨거운 경적 소리만이 정오 무렵의 숨 막히는 적막을 깨고 있었다. 객차의 밀짚 좌석은 열기로 거의 타버릴 지경이었다. 옆자리에 앉은 여자는 흰 블라우스를 입은 채 우아하게 땀을 흘리고 있다가, 손에 쥔 신문이 척척하게 젖어가기 시작하자 더위를 못 이기고는 절망적으로 처량한 소리를 냈다.

― <위대한 개츠비>, F. 스콧 피츠제럴드, 김영하 역

폭염 뉴스가 매일 귓가에 때려 박히던 여름의 일이다.

평양냉면 육수 같은 땀을 삐질삐질 쏟아내며 협력사 사무실을 찾아갔다. 커피? 녹차? 어떤 걸로 드릴까요? 그냥 시원한 얼음물이요. 42.195km 골인점을 앞둔 마라톤 선수가 물병 낚아채어 마시듯 냉수 한 사발 들이켜고 나서야 주변이 밝아졌다. 덥다. 더위란 말이 안녕하세요 보다 많이 쓰이던 여름. 징징징 안팎으로 열일하는 에어컨도 이런 폭염에 그저 날개 한 짝 잃은 선풍기 바람처럼 허무하게 느껴질 뿐이다. 긴 기장의 옷을 쳐다만 봐도 답답한 날. 가을 상품 샘플을 체크하러 왔다.

"이 트렌치코트가 좋을 것 같네요."

쳐다만 봐도 등에 땀띠 돋을 것 같지만, 오버사이즈 트렌치코트 안에 내 몸을 기어코 밀어 넣어 봤다. 낙낙하게 떨어지는 핏, 적당한 기장감, 어느 코디와도 잘 어울리는 컬러, 단단한 박음질. 모두 맘에 든다. (참고로 이 트렌치코트는 여성용이다) 열기에 쩔어있는, 더위에 지친 나지만 선선한 가을에 이 트렌치코트를 입고 있을 내 모습과 고객의 모습을 상상했다. 등 뒤에 서늘한 바람이 부는 것 같다. 시월 어느 날 오후 세 시쯤의 온도다.

옷의 구석구석을 체크한다. 옷을 만든 이와 판매를 책임질 이의 고양된 감정이 사무실에 가득 채워진다. 하지만 진짜 일은 지금부터. 만족스러운 옷을 확인했으니 이제부터 챙길 것이 많다. 상품의 수량, 생산 일정, 오픈 일정, 프로모션 방식, 사은품, 가격, 할인율, 수수료, 화보 일정, 모델, 방송 일정 등등. 상품이 세상에 나와 고객의 손에 닿기까지 거쳐야 할 단계가 산적하다. 가시 많은 생선의 살 발라내듯 중요하고도 사사로운 작업이다.

— 일정

이 샘플로 바로 생산 가능할까요, 원단 재고는요, 생산 기간은 얼마나 걸릴까요, 저희 센터(물류창고) 입고는 언제쯤 가능할까요, 1차 2차 나눠서 보내주시는 건가요, 1차 2차 생산 수량은 어떻게 될까요, 행사 오픈은 이때가 좋을 것 같아요, 노출 구좌는 이렇게 잡아볼게요. 대화를 되새기며 활자화하는 지금, 문장 끝에 굳이 물음표를 적지 않은 건 모든 문장이 물음표로만 끝날 것 같아서다. 어느 한 구석 놓치면 모두가 곤란한 상황. 그렇기에 서로 한바탕 물음을 끼얹은 것이 겸연스럽지 않다. 생산에서 입고까지의 일정을 살피고 고객에게 상품과 혜택을 보여주기 위한 행사 일정을 살폈다. 사무실 밖 파닥파닥 돌아가는 에어컨 외풍기처럼 머리가 미지근하니 달아오른다. 대략적인 행사 일정까지 픽스하고 나서야 조금 남았던 얼음물을 들이켰다. 어느새 얼음은 녹아 물과 아이스가 한 몸, 물아일체다.

– 가격

상품의 가격과 비용을 얘기하는 순간, 지루하게 늘어졌던 공기는 긴장감으로 다시 팽팽해졌다. 편집숍이 상품을 판매해 수익을 얻는 구조는 다양하지만, 이해하기 편하게 크게 두 가지로 나눌 수 있겠다. 위탁 판매와 사입 판매. 위탁 판매는 협력사의 판매를 대신해주는 구조다. 편집숍은 판매 대금의 일부를 수수료 수익으로 얻는다. 사입 판매는 편집숍이 협력사의 상품을 구입해 판매

대금 전부가 편집숍의 수익이 되는 방식. 쉽게 말하자면 물건을 사서 다시 파는 구조. 이번 건은 사입 판매 구조. 조금이라도 좋은 조건으로 사입을 하기 위해 우리네 MD도 브랜드에 좋은 조건들을 제시한다. 서로의 직접적인 이익에 영향을 미치는 작업이기에 상대의 입에서 숫자가 던져지면 재빠르게 계산기 앱을 열어 이익을 계산했다. 오재미 던져 박 터트리는 운동회 때처럼 서로의 숫자가 한 지점을 향해 던져졌다. 팟. 어느 순간 박이 벌어지는 듯하더니 터지는 순간. 자 이렇게 하시죠, 네 좋습니다. 훈훈한 결말이다.

MD에게 계절은 늘 간주 점프다. 1절이 끝나고 2절이 흘러나오기 전, 연주되는 간주 들을 틈 없이 바로 2절이다. 여름엔 가을을, 아니 더 나아가 겨울을 맞닥뜨린다. 여름을 갈아 넣어 가을 상품을 준비했다. 이렇게 하나하나 모를 심어 두면 그 계절에 어느새 훌쩍 자라 있는 상품의 실체를 만나게 된다. 이때는 추수를 맞이하는 농부의 심정. MD는 지금 날씨에 어울리는 상품이 더 잘 팔리게 하기 위해 노출 구좌와 홍보, 프로모션을 준비하며 현재와 미래를 함께 살핀다. 영화로 따지자면 <시간을 달리는 소녀>와 <초속 5센티미터> 사이에 있다고 할까.

계절과 계절 사이의 틈바구니에서 김애란 작가의 책 <바깥은 여름>의 한 구절이 떠올랐다.

> 볼 안에선 하얀 눈이 흩날리는데, 구 바깥은 온통 여름일 누군가의 시차를 상상했다.
>
> – <바깥은 여름>, 김애란

작가의 말처럼 누군가의 시차를 상상하는 일, 이게 우리네 MD의 일인가 싶다.

제16화

MD의
사 진

사진 한 장을 얻기 위한 수고

별똥별이 쏟아진다는, 일 년에 한두 번 보는 그런 뉴스. 두꺼운 옷 잔뜩 껴입고 밖을 나섰다. 내쉬는 숨마다 앞을 가리는 뿌연 입김이다. 별똥별이 우수수 떨어지는 우주쇼를 기대했으나 고작 열 개 남짓만 보이는 상황이다. 역시 서울의 하늘은 수천 개의 별똥별을 허락하지 않는다. 그럼에도 불구하고 흔치 않은 광경이기에 눈에 한 움큼 담는다. 이렇게 담아두면, 잠들기 전 별똥별 한두 개는 흐느적거리며 수면의 길 안쪽으로 몇 개 떨어진다. 눈을 감아도 아른거린다. 갖고 싶다.

웹 서핑을 하다가 마음에 드는 물건을 봤을 때도 마찬가지. 별똥별 본 날 밤처럼 눈을 감아도 그 물건이 아른거린다. 갖고 싶다.

내수 경제에 이바지하는 소비자이자 MD의 삶을 사는 나도 마찬가지. 갖고 싶은 물건은 눈을 감아도, 눈을 감지 않아도 아른거린다. 살까 말까 할 땐 사지 마라,라는 어딘가 떠도는 정언명령 같은 말도 이럴 땐 무용지물이다. 아른거린다 말하지만 그 물건은 머릿속에서 구체적이며 실체적이다. 이건 다 물건을 잘 찍은 사진 한 장 때문이다. 보지 않았으면 사고 싶지 않았겠지만, 이미 보고 말았다. 물론 물건이 가진 매력도 있겠다만, 그 물건이 우리의 상상력을 적극적으로 자극하게 하기 위해선 이미지가 필요하다. 즉, 매끈한 사진이 필요하다.

이미지가 가진 힘은 기예하다. 물건과 모종의 관계가 있어 보이는 소품과 조명의 각도, 모델의 제스처 등등은 물건을 풍성하게 만든다. 기가 막힌 이미지를 볼 때면 저 물건을 갖고 싶다는 마음 80%, 저걸 어떻게 찍었을까라는 궁금증 20% 정도 몽글몽글 발효된다. 우리네 MD는 일이 아닌 그저 소비자의 영역에 들어섰을 때도 일과 관계가 있는 생각을 이어간다. 이렇게 24/7 삶과 일의 영역을 넘나든다 볼 수 있겠다. 이렇게 일상의 시간에도 월급을 준다면 더할 나위 없겠다만, 그럴 수 없다는 건 모두가 잘 알고 있다.

자, 이제 일을 시작해보자. 내가 준비한 상품은 고객들에게 멋지게 보여야 한다. 당연한 얘기를 아침 조회 교장 선생님 훈화처럼 뻔하게 해 본다. 멋진 이미지를 만드는 일은 MD의 월급에 포함되는 작업이기 때문이다. 멋지게 보여야 잘 팔리니, 지갑 열게 만드는 이미지를 만들어야 한다. (지갑) 열려라 참깨다.

─ 화보

화보를 준비한다. 준비한 옷을 가장 멋지게 보이게 하는 코디와 배경, 소품을 구상한다. 이는 물론 MD 혼자만의 작업이 아닌 일. 에디터, 포토그래퍼와 스타일리스트, 헤어 메이크업 담당과 마케팅팀, 모델, 모델의 소속사와 같은 유관 부서와 사람들과 함께 작업을 진행한다. 외따로이 떨어져 있는 구슬들을 한데 엮는 작업이다. 말 그대로 꿰어야 주얼리다.

내가 몸담은 편집숍은 매거진팀과 협업하는 구조. 편집숍 이름과 같은 이름의 매거진이 격주로 발행되고, 편집숍에서는 매거진 콘텐츠 제공과 더불어 디자이너 브랜드 의류를 판매하는 플랫폼이다. 쉽게 말해, 즐기고 사는 곳. 고객이 편집숍 웹 페이지에 접속하면 상품 검색과 구입은 물론이거니와, 매거진 콘텐츠 또한 함께 즐길 수 있다는 얘기다. 콘텐츠 커머스. 업계에서는 이런 구조를 콘텐츠 커머스 플랫폼이라 칭한다. 이런 콘텐츠 커머스 플랫폼을 바탕으로 MD인 나는 상품과 화보를 준비한다.

지난 계절에 협력사와 치열하게 논의했던 트렌치코트 촬영 날. 내가 몸담은 편집숍에서만 특별히 구입할 수 있는 상품을 준비했고, 그 상품을 멋지게 보이게 하기 위한 이미지 촬영을 기획했다. 모델은 배우 정려원 씨. MD

와 매거진팀 에디터, 협력사 담당과 협의해 화보 촬영을 위한 모델을 선정했다. 에디터는 스타일리스트와 협의해 준비한 옷과 어울리는 착장을 구성한다. 거기에 더해 착장에 어울리는 화보 무드를 세팅하고, 스튜디오와 포토그래퍼, 모델의 메이크업을 담당할 헤어 메이크업 아티스트를 섭외한다. 그 사이 MD는 협력사 브랜드 담당과 화보 구성에 대한 논의를 계속. 행사 일정과 가격을 정하고, 사은품을 선정한다. 일련의 과정들은 동시다발적이며 상호 연결되어 있다. 수능 시험 OMR카드 마킹할 때처럼 정신 바짝 차려야 하는 순간이다.

강남의 한 스튜디오. 역에서 멀찍이 떨어진 건물 꼭대기, 알 수 없는 문을 열고 들어섰다. 이미 촬영장에는 이름 모를 관계자들이 빼곡하다. 몇 장의 화보 이미지를 꾸리기 위해 함께하는 인원만 십수 명. 촬영장에 들어서니 어깻죽지가 적잖이 뻐근하다. 착장과 무드가 담긴 페이퍼를 넘겨보며 이런저런 얘기들이 오고 간다. 슛 타임. 스튜디오의 호흡은 올림픽 경기장의 그것과 비슷해진다. 오늘의 모델 정려원 씨의 모습은 카메라 렌즈를 가로질러 촬영물을 비추는 모니터에서 빛났고, 그녀에게 입혀진 옷은 조바심 내지 않고 능동적으로 자신을 어필하고 있다. 꽤나 만족스럽다. 각자의 역할에 집중하며 말은 많이 없지만, 어쩌다 마주친 서로의 눈빛은 나름의 만족감으로 찰랑거린다. MD이기 전에 호모 콘수무스적인 삶을 사는 소비자로서, 이런 이미지면 나도 사고 싶다는 생각이 자연스레 샘솟았다. (그래서 나도 샀다. 심지어 여성복이다.)

> 나는 아가씨를 바라보고 또 바라보았다. 그리고 이런 생각이 머리를 스쳤다. 저 수많은 별들 중 가장 가냘프고 빛나는 별 하나가 길을 잃고 내 어깨에 내려앉아 곤히 잠들었노라고⋯⋯.
>
> – <별>, 알퐁스 도데

살랑 말랑. 옷과 이미지를 바라보고 또 바라보았다. 준비한 옷이 고객의 어깨 위해 걸쳐지는 순간을 고대했다. 고객이 설령 구입하지 않더라도, 장바구니에 담아두었다가도 잠들기 전 별똥별처럼 아른거리게 하는 순간을 기대해본다. 그런 물건과 이미지를 만드는 일이 우리네 MD의 일이기 때문이다.

그렇게, 사진 한 장을 찍었습니다.

제17화

MD의
케어라벨

옷을 입으며 거슬리는 느낌이 든다면

"사막이 아름다운 건, 어딘가에 우물을 숨기고 있기 때
문이야……."

– <어린 왕자>, 생텍쥐페리

우리네 MD는 말한다. 옷이 아름다운 건, 어딘가에 케어
라벨care label을 숨기고 있기 때문이야,라고.

케어라벨. 우리는 매일 옷을 입지만 그 존재를 크게 인
지하지 못한다. 어쩌다 가끔 몸의 한 구석이 근질거려 긁
다 보면 괜히 거슬리는 느낌을 받곤 하는데, 우리는 그제
야 존재의 위치를 느끼곤 한다. 은근 신경 쓰인다. 이걸
잘라 내야 하나 싶다가도 일상생활의 뻔한 귀차니즘으로
인해, 옷을 벗어놓고 잊는 경우가 대부분이다. 옷의 한 구
석에 대롱대롱 자리 잡고 있는 작은 케어라벨은 우리 생
활에 늘 함께하지만 익숙한 탓에 누구도 쉬이 주목하지
않는다. 일상 속 일부임에도 불구하고.

MD는 케어라벨 같은, 옷의 안쪽에 있어 눈에 잘 띄진
않지만, 꼭 갖춰야 하는 '기초적 평범함'에 관심을 가져
야 한다. 케어라벨은 옷과 상품이 지녀야 할 (법적으로
도) 필수 원칙이기도 하다만, 고객에게 꼭 하고 싶은 말
들을 정확하게 전달할 수 있는 창구이기 때문이다. 케어
라벨에 적힌 작은 글씨와 기호는 곰살맞게 고객에게 말

한다. 어디서 만들어졌고, 어떤 소재로 이뤄져 있는지, 얼마나 크고 작은지, 어떻게 세탁해야 하는지. 이런 디테일들은 결혼정보회사 우수회원 프로필보다 더 상냥해야 한다.

회사 이름, 섬유 구성비, 미국이나 유럽에서 사용하는 세탁 관리 상징 기호, 문자로 된 관리 지침, 상징 기호로 된 지침, 연락처, 회사 주소, 상품 코드…….

나풀거리는 각진 공간 안에 들어가는 내용들. 케어라벨은 옷의 섬세한 결을 가르고 분할해 보여준다. 케어라벨에는 다양한 정보가 기입 되는데, 때에 따라 복잡한 내용이, 또는 필수 내용만 간단히 들어가기도 한다. 한쪽 면만 사용하기도, 여러 겹의 케어라벨을 사용하기도 하는데 이는 회사와 브랜드의 정책에 따라 결정된다. 글로벌 SPA 브랜드의 경우 케어라벨이 다양한 언어로 안내 책자처럼 여러 장의 뭉텅이를 이루는 것을 확인할 수 있다. 이럴 땐 옷의 안쪽에 빼곡한 글씨가 적힌 여러 장의 뭉치를 숨기고 있는 기분이 들어, 컨닝 페이퍼 감춘 기분이 들곤 하다. 기분이 묘하다(이는 나만 그렇게 생각할 수도 있겠다). 뜨끔.

직업으로서 MD와 소비자의 삶을 사는 나 또한 일 외에 평소에는 케어라벨을 들여다보지 않는다. 하지만 옷의 건강을 책임지는 작업, 세탁(또는 드라이)을 할 때는 이 메시지를 꼭 확인한다. 같은 소재라 해도 가공 방식과 섬유의 조성 비율에 따라 관리 방법이 달라지기 때문이다.

케어라벨은 옷 안쪽에 매달려 있어 피부에 닿기 때문에 주로 부드러운 소재를 사용한다. 간혹 아닐 때도 있다. 하지만 괜찮은 브랜드라면 보이지 않는 케어라벨의 촉감 또한 관심을 갖는다. 만약 잘 모르는, 또는 처음 접하는 브랜드임에도 불구하고 케어라벨의 촉감을 느끼지 못할 정도로 편안하고 부드러웠다면, 그 브랜드는 믿어도 된다. 이건 확실하다. 익숙한 탓에 누구도 주목하지 않는 부분까지 신경 쓴 브랜드라면, 옷의 디테일 또한 정교하리라.

아무리 하찮게 보이는 일이라도, 그 뉘앙스며 사소한 사실들을 놓치지 말 것.

— <구토>, 장 폴 사르트르

옷의 최종 샘플이 왔다. 겨울의 적막을 지나며 준비한 여름옷을 살피는 시간. 봄의 한복판에서 여름옷을 더듬으니 얼굴에 미열이 돈다. 문장의 마침표 찍듯, 완성된 옷에 케어라벨을 살폈다. 전달해야 할 모든 사실들이 기호와 문자로 따박따박 박혀있다. 말 그대로 방점. 이제 이 케어라벨은 언어가 박탈된 옷에서 외따로이 메시지를 지탱할 것이다. 든든하다. 이제 고객의 품에 안길 수 있는 자격이 생겼다.

일상에서 잘 들여다보지 않는 케어라벨까지 챙기니 마음이 조금 놓인다. 마지막까지 할 말은 케어라벨에 모조리 담았다. 고객이 옷을 집어 드는 순간까지, 그때까지 즐거이 기다려보는 수밖에.

옷 속에 케어라벨을 잘 숨겨놓았으니. 어린 왕자 말마따나 아름답겠다.

제18화

MD의
스카프

영혼을 위한 닭고기 스(카)프

봄의 어귀를 지나면서, 언제 따뜻해질까,를 입에 달고 날씨를 탓하던 엊그제를 잊을 정도로 날이 풀렸다. 따숩다. 별안간 겨울에서 봄이 되었고, 그새를 못 참고 여름은 입 벌리고 더운 입김을 쏟아낼 준비를 하고 있다. 아침엔 외투를 걸치고 나와 낮엔 벗어야 하는 날씨다. 따뜻한 공기와 더운 바람 사이를 오가지만 이 또한 부인할 수 없는 기온차다. 그래서일까. 목이 간질간질하다. 계절의 변화에 30대의 몸은 정직하게 반응하고 있다. 나이를 먹을수록 이는 드라마틱하다.

미국에선 예로부터 감기 기운이 있거나 몸이 으슬으슬
할 때 닭고기 수프를 먹었다고 한다. 어릴 적 보았던 베
스트셀러 <영혼을 위한 닭고기 수프>란 제목이 슬몃 떠
오른다. 닭고기 수프는 할머니나 엄마가 끓여주는 전통
음식으로, 지친 육체를 달래주는 음식으로 전해진다.

오늘 같은 날. 목이 간질간질하고 으슬으슬한 기운이 들
때, 우리네 MD는 따뜻한 말을 전한다. 아침밥 챙겨 먹
고 가라고 말하는 엄마처럼, '영혼을 위한 닭고기 스(카)
프'를 챙기라고. 여러분 스카프를 챙기세요. (사세요.)

> 그녀는 멋있는 핑크빛의 투피스에 하얀 스카프를 감고
> 있었다. 살집이 좋은 양 귓불에는 직사각형의 금귀고리
> 가 달려있어, 그녀의 걸음걸이에 따라 마치 등불 신호처
> 럼 반짝반짝 빛났다. 전체적으로 보아 그녀의 몸놀림은
> 살이 찐 것치고는 가볍게 보였다.
>
> — <세계의 끝과 하드보일드 원더랜드>, 무라카미 하루키

하루키가 적었듯, 핑크빛 투피스에 하얀 스카프를 매치
하면 봄의 낮을 충만히 누릴만하렷다. 스카프는 쓰임이
좋다. 이맘때 흔히 볼 수 있는 '스카프 하나로 센스 있는

코디 완성하기'와 같은 시답지 않은 뉴스 기사를 들먹이지 않아도, 우리는 스카프의 유용함과 찬연함을 알고 있다. 스카프는, 멋스러움은 물론이거니와 아침의 쌀쌀함과 한밤의 냉랭함을 견디기에 충분한 아이템이다. 미인의 아이템이다. 팔방미인.

━ 스카프

스카프와 머플러. 모두 목에 두르는 액세서리다. 방한의 도구로 쓰이는 의미는 동일하나 스카프와 머플러는 미묘한 차이를 갖고 있다. 스카프는 얇은 실크나 너울거리는 시폰 소재와 같은 가벼운 직물로 만들어진 것이 특징. 스타일을 꾸미는 쪽에 가깝다. 반면 머플러는 두껍고 도톰한 니트나 울로 만들어 보온에 중점을 둔 아이템이다. 한겨울, 추위를 피하기 위해 칭칭 감은 목도리를 떠올리면 된다. 봄가을은 스카프, 겨울은 머플러. 이렇게 기억해보자. 참 쉽죠.

스카프의 어원을 보면, 프랑스어 에스카르프escarpe(장식띠 또는 멜빵)에서 발전한 에샤르프charpe(순례자의 짐 보따리 또는 지갑)에서 파생된 것으로 전해진다. 칭칭 두를 수 있는 것들을 통칭하던 스카프는 태초의 방한 용도에서 장식을 위한 디자인 용도로 자신의 영역을 확장한다. 목뿐만 아니라 어깨에 걸치기도 하고, 머리를 감싸거나 묶고, 허리에 매거나 팔목에 매어 장식하는 등등. 멋부림은 예나 지금이나 차이 없다. 그때의 멋쟁이들 리스펙.

지금의 날씨. 고객이 두를 수 있는 스카프는 이미 준비되어 있다. 상품 구성에 빠질 수 없는 액세서리기 때문. 어떤 옷이랑 잘 어울릴까 우왕좌왕할 고객의 마음을 헤아려, 적당한 장소에 스카프가 보이게 구색을 갖추었다.

이는 MD만의 일 뿐만 아니라 VMD의 일이기도 하다. 비주얼 머천다이저를 뜻하는 VMD는 MD가 준비한 상품을 보기 좋게, 잘 팔리게, 구색에 맞게 연출하는 일을 한다. 물건의 바깥에 가장 가까운 사람인 셈. VMD는 매장 안과 밖, 상품들 간의 단짠을 조율하는 마스터 셰프. 오늘 같은 날, 영혼을 위한 스카프를 집어갈 수 있도록 코스는 준비되었다.

퇴근길, 기온차로 인해 간질간질 한 목에 가볍게 스카프를 두르고 회사를 나섰다. 퇴근 시간이 되어도 어스름은 아직이다. 스카프를 두를 수 있는 몇 안 되는 날들. 계절의 국경을 지나는 길에 스카프가 있어 제법 든든하다.

  실로, 영혼을 위한 닭고기 수프보다
  더 유용한 스카프겠다.

제19화

MD의
그 날

내가 태어난 날의 옷을 아시나요?

MD의 일상에 하루도 가만한 날이 없겠다만, 유난한 시기가 있다. 조직 개편 전. MD이기 이전에 회사의 소속으로, 조직의 형태가 바뀌는 일에 민감할 수밖에 없다. 다루는 상품과 유통 구조의 형질이 바뀌는 일이기에 특히 그렇다. 온라인 편집숍 MD의 일을 하다가, 기어코 그 시기가 나에게도 찾아왔다.

　조직 개편. 몸담고 있는 조직이 바뀌었다. 가상의 공간에서 실제의 공간으로. 온라인 편집숍 MD에서 오프라인 편집숍 MD가 되었다. 직관적으로 말하자면. 명함 속 이름 앞 조직명이 바뀌었고 전화를 받을 때 인사말이 바뀌었다. '안녕하세요. 퍼스트룩 김현호입니다.'에서 '안녕하세요. 스타일온에어 김현호입니다.'로.

　협력사와 상품에 대한 기록을 인수인계하기 위해 파일을 정리했다. 자신이 했던 일을 돌아보는 일은 나름의 의미가 있다. 아, 그동안 내가 이런 일을 해왔구나. 이건 맘에 들고 저건 맘에 안 든다. 실시간이며 주관적이었던 현재의 일들이 객관화가 되는 시간. 이사 가기 전, 방 한 구석에 숨겨져 있던 일기장 꺼내는 기분으로 했던 업무들을 하나씩 넘겨봤다. 그날의 시간들이 엑셀의 행과 열 사이에 텍스트와 숫자로 차곡차곡 쌓여 있었다.

지난 시간을 정리하다가 생각은 꽤나 멀리 가닿았다. 과거로 과거로. 어느새 내가 태어난 해年와 날日까지 생각이 이르렀다. 어… 어… 하다가 1986년까지 갔다.

서울, 1986년 봄. 철저히 MD적 마인드로, 그 당시 옷과 관련된 일들이 궁금해졌다. 그때의 기록들을 찾아봤다.

면보다 2배 비싼 마麻 소재의 옷이 인기를 끌었다. 넥타이와 정장 일색이던 남성들의 복장이 캐주얼화 되기 시작했다. 셔츠와 재킷은 2만~5만 원, 바지는 2~3만 원, 조끼는 1만 5천~2만 원, 점퍼류는 3만~4만 원 선이었다.

패션쇼 한 회당 모델료는 60만 원, 신인은 10만 원을 받았다. 20만 원을 받는 파리의 모델보다 높은 수준이었다. 그 해 여름은 곡선미 살린 복고풍이 유행이리라, 故앙드레 김 선생님이 말했다. 그는 '단순하고 곡선미가 강조돼 전체적으로 여성다우면서 섹시한 느낌을 주는 실루에트가 유행할 것'으로 내다봤다.

김창숙 부띠끄는 서울 마포구 아현동 사옥에서 87년 봄 여름 유행 경향을 예측하는 프레스 패션쇼를 진행했고, 신세계 백화점 본점은 10억 원을 들여 2층의 의류 매장을 3층으로 까지 확대했다. 국내 패션모델 중 제일 키가 큰(174cm) 박영실 양은 81년 한양여고 졸업 후 2년 반 동안 건축회사에서 근무하다 패션모델로 전업해 성공가도를 걷는다. 구미歐美에서 배를 드러낸 옷들이 유행이라더니, 롯데쇼핑 정기 패션쇼에선 배를 드러낸 옷들이 적지 않게 등장했다.

서울 아시안게임을 앞두고 서비스 업계 종사자들을 위한 유니폼 페스티벌이 열렸다. 유니폼으로 선보인 옷들은 빨래가 용이하고 값이 비싸지 않게 고려했다. 1983년, 중고등학교 교복자율화가 시행된 지 4년이 지났고, 교복에 대한 향수가 고개를 들었다. KBS 드라마 <그대의 초상>, <은빛 여울>, MBC의 <첫사랑>에 출연하는 주연배우들의 의상 과시가 지나쳐 지적을 받는다. 하강일 KBS TV센터부 주간은 "외형보다는 내면 연기에 충실하려는 노력이 아쉽다."라고 말했다.

잡지가 전문화되면서 일반 독자를 위한 의생활 전문지 월간 <멋>은 패션에 대한 정보와 의생활과 관계된 에세이를 다뤘다. 월간 <멋>은 서울 시내 중고등학교 교장을 대상으로 교복 부활에 대한 설문조사를 했고, 응답자 247명 중 69%인 170명이 교복 부활을 찬성했다고 전했다.

스웨터 시장이 확대되어 삼성물산, 제일모직, 럭키금성, 극동, 유림패션, 모라도 등 니트 의류 생산업체들의 매출 신장률은 전년보다 10%~20% 신장했다. 캐주얼 붐에 편승해 젊은 층에선 핸드백 대용으로 등산 배낭이 선풍적 인기를 끌었으며, 물빨래가 가능한 여름 양복 시장 쟁탈이 불붙는다.

<로버트 태권 V>의 김청기 감독이 만든 우주공상 과학 영화 <외계에서 온, 우뢰매>가 개봉했다. 주인공 심형래는 빨간 전신 타이즈 위에 하얀 삼각팬티와 가슴 보호 조끼를 입고 출연했다. 반공 장편 만화영화 <각시탈>에서 각시탈은 흰 무명 한복을 입었고, 안성기 강석우 이미숙이 출연한 <겨울 나그네>에선 등장인물들은 파워 숄더의 오버사이즈 재킷과 코트를 입고 연기했다.

1964년 겨울을 서울에서 지냈던 사람이라면 누구나 알고 있겠지만, 밤이 되면 거리에 나타나는 선술집 - 오뎅과 군참새와 세 가지 종류의 술 등을 팔고 있고, 얼어붙은 거리를 휩쓸며 부는 차가운 바람이 펄럭거리게 하는 포장을 들치고 안으로 들어서게 되어 있고, 그 안에 들어서면 카바이드 불의 길쭉한 불꽃이 바람에 흔들리고 있고, 염색한 군용 잠바를 입고 있는 중년 사내가 술을 따르고 안주를 구워주고 있는 그러한 선술집에서, 그날

밤, 우리 세 사람은 우연히 만났다.

– <서울, 1964년 겨울>, 김승옥

MD란 업의 특성과 좋아하는 것들의 편향성을 극대화해, 내가 태어난 해와 날의 옷 이야기를 톺아봤다. 김승옥 작가의 <서울, 1964년 겨울>을 바라보듯, 1986년의 봄을 바라봤다. 태어난 해와 그 언저리 나날의 옷 이야기들. 선술집에서 우연히 세 사람이 만나 의미 없이 떠다니는 얘기를 던졌던 소설처럼, 별 의미가 없을 수도 있지만 말이다.

무엇보다 당시의 기록을 쉬이 찾아볼 수 있는 현대 과학의 위대함에 놀라움의 박수를. 기사를 살펴보며 기시감이 느껴지는 부분도 있고, 생경한 대목도 있었다. 옷의 과거를 끄집어내다 가닿은 생각에 문득, 그 날의 일들에 감사했다. 그 많은 날들의 옷과 관련된 일과 사람들, 생각 덕분에 지금 편집숍 MD로 일 할 수 있었겠다고 생각하니 기분이 묘하다. 특히나 온라인에서 오프라인을 넘나드는 MD로서의 직무를 생각하니 더욱 그렇다.

흑백의 기록들이지만 푸르다. 화려한 옷에 지친, 피로한 눈에 신선한 물기가 차오르는 기분. 충분히 모이스춰라

이징 된 감성을 안고 시선을 돌렸다. 지금 하고 있는 MD
의 일도 훗날 이런 방식으로 남게 되겠지. 맹랑한 감정이
맴돈다.

　과거의 시간. 누군가에게는 우연이겠지만, 우리네 MD
에게는 운명 같은 시간들이렷다.

제20화

MD의
쇼핑백

쇼핑백이 알려주는 취향의 기록

　새 옷과 꼿꼿한 종이 쇼핑백. 사물의 형질 차이에서 긴장감이 피어오른다. 몸의 선을 따라 흘러야 하는 부들부들한 옷과 흐물거리지 않고 바삭해야만 형체를 유지할 수 있는 종이 쇼핑백 사이의 간극은 쇼핑의 짜릿함을 배가하는 법. 각진 박스 패키징이 되어 있는 새 상품을 쇼핑백에 담는 맛도 물론 좋지만, 쇼핑백 안의 내용물이 쇼핑백과 닿을 때 느껴지는 출렁임과 흔들거림을 사랑한다. 옷을 감싸는 투명 폴리백이 쇼핑백 안에서 빛을 튕겨낼 때는 더욱이. 손에 무언가를 들고 다니기 귀찮아하는 사람에게도 기분 좋은 귀찮음이겠다. 매일 이런 식으로 귀찮으면 소원이 없겠네요.

오랜만에 맘먹고 쇼핑을 나섰다. 오늘은 탕진 좀 하렷다. 백화점과 몰이 결합된 복합 쇼핑몰. 각양각색의 브랜드와 먹을거리, 넉넉한 주차공간이 있어 쇼핑에 필요한 삼박자를 갖춘 곳이라 애용하는 곳이다. 마음을 사로잡는 무언가에 상기된 사람들의 들뜬 공기와 식욕을 유발하는 음식 냄새, 새로 나온 향수 냄새, 지나가는 행인의 속도에 살짝 흔들거리는 행거에 걸린 옷 냄새들 사이를 낭랑하게 쇼핑백을 들고 거니는 날이다.

상품의 뒤에서 MD일을 하고 있는 사람의 쇼핑은 조심스러운 가운데서도 내질러 감행하는 소비여서 경우에 따라서는 비장한 감이 없지 않다. 나름의 계획을 세우고 들어간다. 좋아하는 브랜드 매장을 들러 이번 시즌의 옷들을 한 번 훑어주고, SPA 브랜드를 들러 기본 아이템을 고르고, 그 옷 위에 개성을 더할 잇 아이템을 찾는 것. 하지만 늘 그렇듯 계획은 틀어지게 되어 있다. "누구나 그럴싸한 계획을 갖고 있다. 처맞기 전까지는."라는 권투 선수 마이크 타이슨의 명언을 곱씹을수록 맞는 말이다.

월말 카드값에 처맞는 말.

좋아하는 브랜드 매장을 들르자마자 계획은 틀어졌다. 이렇게나 마음에 드는 옷을 만들다니요. 안 살 수 없다. 빛나는 옷을 만들어낸 MD와 디자이너에게 경의를 표하는 마음으로 결제. 네모반듯한 쇼핑백에 옷을 담았다. 물론 환경 부담금은 필수다.

옛 오락실 구석에 있던, 구슬을 튕겨 내어 벽과 장애물 사이를 부딪치며 땅에 떨어지지 않게 하는 핀볼 게임의 구슬처럼, 쇼핑몰 안의 매장들을 이리저리 튀어 다녔다. 양손에 네모 각진 쇼핑백이 주렁주렁 매달렸다. 양팔을 휘저으며 걸을 때 느껴지는 쇼핑백 안 새 옷의 무게감이 맘에 든다. 바리바리 쇼핑백을 이고 돌아온 차 뒷좌석에 일렬로 쇼핑백을 늘어놓았다. 제각각의 크기로 옹기종기 모여 있는 모습이 귀엽다고 느껴지는 건 병일 수도 있겠다고 생각했다.

집으로 돌아와 쇼핑백 안에 담긴 옷들을 하나하나 꺼내어 전신 거울 앞 자체 패션쇼를 거하게 치렀다. 갖고 있던 옷과 새 옷을 매치해보고, 어울리는 신발까지 꺼내본다. 가지가지한다,란 말을 들을 법한 요란법석이지만 다들 한 번씩은 해보지 않았을까. 아니라면 어쩔 수 없다만.

쇼핑백 안을 채웠던 옷들을 정리하고 비워진 쇼핑백들을 다시 네모 납작하게 접었다. 이 쇼핑백들은 언젠가 다른 무언가를 담는데 요긴하게 쓸 녀석들이겠다.

하지만 한쪽 구석에 그런 의도로 쌓아놓은 쇼핑백 더미를 보아하니 요긴하게 쓸 일 보다 쇼핑을 더 많이 했구나,라고 깨닫는 건 시간문제. 켜켜이 쌓인 쇼핑백을 보니 내가 좋아하는 브랜드와 구입한 횟수가 도서관 대출 카드 기록처럼 보이는 듯하다. 일일이 쇼핑을 기록하지 않지만 모아둔 쇼핑백은 나의 브랜드 취향과 소비 취향을 알려주고 있었다.

> 쇼핑이 기분을 좋게 해주는 이유는 갖고 싶은 것을 손에 넣어서만은 아니다. 갖고 싶은 것을 고르고 사는 행위는 자본주의적인 자유의 상징이다.
>
> – <남자는 쇼핑을 좋아해>, 무라카미 류

쇼핑백을 정리하며 기분 좋았던 쇼핑의 순간들을 더듬어 살피어 갔다. 소비뿐만 아니라 소비의 기록을 돌아보는 일도 의미가 있으렷다. 한 번씩 이렇게 쇼핑백을 정리해보는 일도 나쁘지 않겠다. 나 대신 나의 소비의 역사를 알려주는 나름의 의미 있는 지표니까.

제21화

MD의
빨 래

패션의 완성은 빨래

더러움은 옷의 숙명이다. 대부분 옷을 살 때, 옷이 지저분해지고, 낡고 구겨질 것을 떠올리며 구입하지 않는다. 하지만 각종 더러움을 유발하는 외부 요인과 내부 요인은 산적한 것이 사실. 점심시간 김치찌개와 짜장면을 먹을 때. 탕수육을 앞에 두고 부먹과 찍먹을 고민하는 순간. 주말 늦은 아침에 직접 핸드 드립한 정성 가득한 마시는 커피 한 잔의 여유의 순간까지 옷은 더러워질 수많은 기회와 마주한다. (비싼 옷일수록) 정신 똑바로 차려야 한다. 어제 만난 여자 친구가, 나 달라진 거 없어?라고 물음을 던지는 순간처럼 매 순간 긴장해야 한다. (이럴 땐 어제보다 더 곱구나,라는 말을 준비하자)

내부 요인 또한 만만찮다. 우리의 몸은 쉬지 않고 땀과 피지, 침과 같은 분비물을 생산하고 있고, 각질과 지방을 만들어내고 있기 때문이다. 물론, 지방은 나만의 얘기일 수도 있다.

숙명은 현실이 되었다. 이런저런 몇 십만 가지의 옷의 지저분해질 수 있는 가능성을 현실화시킨 빨랫거리가 베란다 한쪽에 수북하다. 옷이 더러워지지 않길 바라는 것은 요원하다. 깨끗한 옷은 오래 지속될 수 없음을 알기에 빨랫거리를 마주하는 일은 덤덤해져야 한다. 오래 지속될 수 없는 것을 바라면 그러한 덧없음으로 인해 사람은 쉽게 불행해진다고 했다. 특히 매사 들뜬 행동으로 아무 일에나 함부로 서둘러 뛰어드는 나 같은 인물은 그러한 불행과 밀접할 수밖에 없기 때문에, 애초에 옷이 지저분해질 것을 상정하고 옷을 구입하고 입고 생활한다.

주말이다. 빨래를 더 이상 미룰 수 없다. 평일에는 샐러리맨의 일을 한답시고 바쁘게 지내는 것을 핑계 삼아 미뤄두었던 빨래를 해야 한다. 평소 한껏 멋 부리고 다니는 패션 피플도 이 순간을 피할 순 없을 것이다. 패션은, 의복 생활은 한순간의 이벤트가 아니라 생활이기 때문이다. 그렇기 때문에 빨래는 패션의 과정 중 일부. 패션의 완성, 마무리는 얼굴이 아니라 빨래인 셈이다. 본인이 직접 빨래를 하던지, 누군가 대신해주던지 이는 마찬가지다.

셀프 빨래방 행. 파랗고 널따란 이케아 프락타 장바구니에 빨랫거리를 한 움큼 담았다. 각종 공구와 소품을 담을 수 있는 이케아 장바구니는 빨랫거리를 담을 때도 유용하게 쓰인다. 일주일치, 혹은 그 이상일 수도 있는 빨랫거리를 이고 셀프 빨래방으로 향했다. 빨래하는 시간 동안 심심함을 달래줄 책 한 권은 필수다. 책상 위 너저분하게 쌓여있던 책 한 권을 대충 챙기고 집을 나섰다.

 옷들이 각자의 사연을 가지고 세탁기 안을 빙글빙글 돌고 있다. 일렬로 빙글빙글 돌고 있는 은빛의 세탁기 앞에 있자니, 흡사 히어로가 떼거지로 나오는 영화의 우주선에 탄 기분이다. 정신이 아득해지며, 무언가 꽤 먼 미래로 온 것 같다는 말도 안 되는 생각을 하며 동그란 금속의 동전을 세탁기에 흘려보냈다. 세탁기의 주둥이를 열고 빨랫거리를 털어 넣고 나름의 타임 워프를 준비한다. 계기판의 빨간 디지털의 숫자가 줄어들면 나의 옷들은 깨끗함을 다시 뽐낼 것을 기대하며.

> 그런데 아내의 설명을 들어 보면, 배가 너무 부르면 다듬이질할 때 옷감이 잘 치이고, 같은 무게라도 힘이 들며, 배가 너무 안 부르면 다듬잇살이 펴지지 않고 손이 해먹기 쉽다는 것이고, 요렇게 꼭 알맞은 것은 좀처럼 만나기가 어렵다는 것이다. 나는 비로소 마음이 확 풀렸다.
>
> – <방망이 깎던 노인>, 윤오영

 챙겨 왔던 책을 펼쳤다. 적당한 소음과 빨래방 안의 조금은 미지근한 인공의 공기는 독서의 집중력을 높여준다. 고개를 끄덕이며 페이지를 넘기다가 힐끗힐끗 빨래가 다 되었는지 확인한다. 두세 번 정도, 다 되었나, 쳐다보면 그제야 바삐 움직이던 세탁기의 되새김질이 끝나 있다. 세제와 섬유유연제에 축축이 젖었던 빨래를 건조기 주둥이에 털어 넣어야 하는 시간. 건조기의 온도와 시간을 설정하고 다시 덮어두었던 책을 펼친다.

건조가 끝났다는 알림음이 울린다. 미래에서 온 듯한 기계에서 옷들을 꺼내는데 잘 마른 셔츠가 따뜻하다. 볕 좋은 날 옥상에서 바삭하게 말린 옷을 걷을 때와는 다른 느낌이다. 미뤄놓은 숙제를 마쳤다는 뿌듯함도 기분도 있지만, 깨끗해진 옷을 만지는 기분은 꽤나 행복하다. 보송보송해진 옷을 개키고, 가지고 온 이케아 장바구니에 다시 담았다. 엉겨 붙은 빨랫거리를 장바구니에 쌓아 들고 빨래방을 왔을 때와는 달리 아기 안 듯 안전하게 양 팔로 안고 집으로 향했다. 어릴 적 교과서에서 보았던 수필의 문구처럼, 요렇게 꼭 알맞은 온도는 좀처럼 만나기 어렵다.

다시 옷은 더러워지는 숙명을 맞이할 것이다. 하지만 그 숙명으로 인해 기분 좋은 온기를 맛볼 수도 있다고 생각하니 기분이 슬쩍 나아졌다. 옷을 입는 과정에 (스스로 하는) 빨래는 필수라 생각했다. 이리 생각하니 빨래하지 않는 자, 패션 피플이 아니다,라고 말할 수 있을 것 같다. 나는 애초에 패션 피플이 아니니 패스.

제22화

MD의
상 담

대학내일. 대학, 내 일

대학생 시절, 매주 월요일. 등교 후 가장 먼저 하는 일은 학생회관 앞에 쌓여있던 <대학내일>을 챙기는 일이었다. 무가지 주간지인 <대학내일>은 무료로 가져가는 매거진임에도 불구하고 콘텐츠와 각종 꿀팁들은 고퀄리티였다. 게다가 커버는 웬만한 코스모폴리탄, 엘르 표지 모델 저리 가라 할 정도로 예쁘고 멋진 대학생으로 장식되어, 맥도날드 해피밀 장난감 모으듯 매거진을 소장하는 맛도 있었다. 그렇게 애정 하던 매거진이었지만 졸업하고 눈에서 멀어지니 기억에서도 먼지가 뿌옇게 앉았다. 이름조차 흐릿하게 기억에 남아 있던 때였다.

홍보팀 동기 : <대학내일>에서 우리 회사 임직원이 대학생 고민 상담해주는 코너가 있는데 써 볼래?
나 : 응? 응.

몸 안쪽 빠른 볼에 나도 모르게 배트를 휘두르듯 대답했다. 스트라이크다. 질문 메일이 도착했다.

Q : '가슴을 뛰게 하는 일'이라는 게 정말 존재할까요? 있다면 그 의미는 무엇일까요? 보통의 보람을 초월하는 무언가 일까요? 주변의 말에 쉽게 흔들리는 성격은 아니

지만 명확한 꿈이 없기에 자신을 행복하게 만들어주는 일과, 대단한 열정은 아니더라도 할 수 있는 일에 대한 여러 사람들의 의견에 혼란스럽기도 합니다. 열정적이지 못하다는 게 나쁜 일일까요?

— D대 중어중문학 김oo

질문이 묵직한데?

순간, 내가 답 해줄 수 있는 깜냥이 되나 싶었다.

메일을 받은 주말. 텅 빈 모니터에 빈 커서만 몇 시간째 깜박였다. 대학 시절 무슨 생각을 하고 지냈지,라고 생각하며 때 아닌 과거 회상에 열중했다. 의미 없는 커피만 몇 잔 째다. 학교 앞에서 궁상맞게 자취하며 중간고사를 망치고 돌아와서, 난 뭐 먹고 살 수 있을까, 고민하던 때의 나를 불러왔다. 고향을 떠올리는 전쟁영화 군인의 회상씬처럼 정신이 아득해졌다. 다 쓴 치약 억지로 짜내듯 누르고 눌러 활자를 옮겨 적었다.

A : 답을 찾기 어렵다면 질문을 바꿔보는 것도 도움이 될 것입니다. 과연 '열정'의 정의는 무엇일까요? 나무늘보가 100미터를 열심히 느리게 가는 것과, 토끼가 100미

터를 대충 뛰어가는 것을 열정으로 비교할 수 있을까요? 좋고 나쁘다는 건 누가 결정하는 걸까요?

각자 느끼는 '열정'과 '보람'의 정의는 다릅니다. 그러니 '가슴 뛰게 하는 일'에 대한 사람들의 의견에 흔들리기보다, 고민하게 만든 것들에 대한 나만의 정의를 내려보고 그것에 따라 무언가를 시도해보는 거지요. 저도 같은 고민을 한 적 있습니다. '가슴을 뛰게 하는 일'이 뭔지 스스로에게 한참 동안 질문했던 것 같아요.

그러면서 지난 시간 동안 내가 재밌게 했던 일과 즐겁게 무언가를 했던 경험들을 곰곰이 떠올려보고, 그 경험들을 상기시켜줄 수 있는 비슷한 일들을 찾아서 했습니다. 그랬더니 지금처럼 '가슴 뛰게 하는 일'을 하고 있게 되더라고요.

보통의 보람을 초월하는 무언가를 찾기보다, 본인이 했을 때 작은 성취감이라도 얻을 수 있는 것에 집중하다 보면 꿈이 조금 더 뚜렷해질 것 같습니다. 그럼 여러 사람들의 의견에 덜 혼란스러워지는 시간이 오겠죠? 열정적이지 않아도 좋습니다. 다만 나 자신이 즐겁고 흥미롭게 느끼는 일을 찾고, 작게나마 무언가를 시작하는 것이 중요할 것 같습니다.

〈대학내일 삼성그룹 특별판, 1:1 청춘 상담소 중〉

상담 내용에 '가슴 뛰게 하는 일'을 하고 있다고 적었는데, 조금 미안한 마음이 들었다. 내가 할 수 있는 말이었을까. 아니, 내가 나한테 해야 하는 말 같았다. 메일을 보내고 한참을 그렇게 멍하니 있었다.

한기가 도는 것 같아 정신을 차려보니 열어놓은 창문으로 찬 공기가 기어들어오고 있었다. 밖은 어둑해져 있었다. 방바닥이 차갑다. 창문을 닫고 보일러 온도를 높였다. 일어서서 텅 빈 방안을 바라봤는데, 한 때 후끈했던 열정이 식은 방바닥 위에 덩그러니 놓여있는 기분이 들었다.

책장 옆에 쌓아둔 먼지 쌓인 <대학내일> 꾸러미 먼지를 털어냈다. 대학생이던 당시 하고 싶던 대외활동과 공모전 소식들이 페이지마다 현재 진행형으로 적혀있다. 문득, 나는 어떤 시간에 살고 있을까,란 생각이 들었다. 과거완료 시제화 되어가는 나의 30대 시계를 현재시제, 현재 진행형으로 바꾸기 위해 가까운 서점으로 향했다. 자기 계발 코너를 지나 인문학과 문학 쪽을 서성였다. 좋아하는 작가의 책과 마음에 드는 표지, 그럴듯해 보이는 서평이 적힌 책 몇 권을 두둑이 들고 계산을 마쳤다. 그렇다. 나는 책을 쓰고 싶었다.

삼성 그룹 기자를 함께 하던 형, 누나들이 책을 내는 모습에 가슴이 뛰었던 때가 떠올랐다. 현업에서 자신의 역할을 충실히 수행하면서도 하고 싶은 작업을 하는 모습에 기분이 몽글몽글했던 기억이 스쳤다.

대학생 고민상담 문장을 쓰다가, 내 고민 자문자답을 하고 있는 모습을 보고 좀 웃겼다. 책을 들고 집에 돌아오는 길은 괜스레 마음이 두둑했다. 아직 뭐 한 것 하나도 없는데, 마음만은 출간 작가였다.

그나저나, 어디 보자. 난 뭘 쓸 수 있지? 뭘 써야 되지? 대책 없지만 빈 종이에 이것저것 적어봤다. 바닥에 큰 종이를 넓게 펴고 수성 사인펜으로 초등학생 때 마인드 맵 그리듯 아이디어 가지를 쳤다. 패션 회사에 다니니까 옷 관련 키워드를 바닥에 뿌렸고, 그동안 좋아했던 책과 문학 작품을 잔가지 쳤다. 바닥에 널브러뜨린 종이가 잡다한 키워드로 꽉 찼고, 주말 저녁도 꽉 차게 썼다. 내일이 월요일이지만 나쁘지 않은 기분이었다.

등을 둥글게 말고 방바닥에 앉아 키워드를 적다가, 손바닥을 종이 위에 얹어봤다. 종이가 뜨끈하다. 차게 식었던 방바닥은 뜨끈하게 데워져 있었다. 기분 좋은 온도다. 오늘은 잠이 잘 오겠지?

　불을 끄고 누워 새삼 고민 상담 질문을 던진 그 대학생
에게 고마웠다. 혹시 만나면 커피라도 한 잔 사주고 싶다.
아는 척해주시길.

제23화

MD의
출근길

지옥철과 아모르파티

　외투 주머니에 핸드폰, 지갑, 열쇠, 사원증, 립밤, 에어 팟을 담아 집을 나섰다. 시장통 콩나물 박스 모습처럼 빼 곡한 지하철을 타야 되기 때문이다. 너도나도 두둑이 껴 입는 겨울은 지하철 공간이 더욱 비좁다. 이런 날은 가방 도 사치. 주머니가 넉넉한 외투를 입었다. 이런 외투면 가 로세로 아담한 시집도 들어가니 가방이 필요 없다. 오늘 은 아르튀보 랭보의 <지옥에서 보낸 한철>을 주머니에 챙겼다.

　사람들 사이에 공중 부양하듯 서 있다가, 나이스. 내 앞에 앉을 자리가 생겼다. 감사합니다. 오늘 복 받으실 거예요. 공간이 비좁아서 차마 책을 꺼낼 수 없었지만, 자리에 앉게 되어 챙겨 온 책을 운 좋게 꺼낼 수 있었다. 제목을 줄이면 '지옥철'인 책을 꺼내며, 주변을 한 번 둘러봤다. 미래를 예견한 랭보의 천재성이란! 의도치 않게 연결된 우연에 내적 만족감을 느끼며 책을 펼쳤다. 귀에 꽂은 이어폰 속 음악은 아무 의도와 생각을 담지 않고 대충 넘겨 듣고 있었다.

덜컹거리는 지하철에 앉아 19세기 프랑스 천재 시인의 시를 읽으니 잠시 어질했다. 시력詩力 짧은 나 같은 이는 한 문단을 쉬이 넘기지 못하기 때문이다. 어려운 글을 느리더라도 꾸역꾸역 읽을 때의 답답함을 즐기는 나이기에, 오늘은 시 하나만,이라고 생각하며 책을 가만히 보았다. 입 한 가득 고구마를 베어 물고 우걱우걱 씹는 느낌처럼 답답하지만 어쩔 수 없다. 오늘 가져온 책은 이게 전부니까.

나는 걷고 있었지, 터진 주머니에 손 집어넣고,
짤막한 외투는 그래서 관념적이게 되었지,
－ <지옥에서 보낸 한철/나의 보헤미안(몽상) 中>,
아르튀르 랭보

자리에 한번 앉으면 책이든 폰이든 쳐다보며 고개를 처박고 다른 곳을 보지 않지만, 고개를 들어 굳이 시선을 멀리 던지는 순간이 있다. 북에서 남으로, 남에서 북을 가로지르는 강을 건너는 순간에는 고개를 들어 창 밖 한강을 바라본다. 한강이 얼어붙은 몇 안 되는 추운 날. 언 한강 위에 눈이 여기저기 녹지 않고 흩뿌려져 있다. 회색서울에서 느껴보는 몇 안 되는 대자연의 신비다. 다음 역도착하기 전 몇십 초 누릴 수 있는 소중한 광경이기에 아낌없이 시선을 던졌다. 이때다. 셔플 설정한 음악 앱에서 언젠가 플레이리스트에 담아두었던 노래가 랜덤으로 툭튀어나왔다. 특별한 의미 없는 카페 배경음악 BGM처럼 재생하던 음악이었는데, 순간 쏟아진 리듬에 정신이 혹돌아온다. '아모르 파티'. 이어폰에서 김연자의 '아모르 파티'가 흘러나왔다. 지옥철에서 답답하게 책을 읽던 순간에 사이다 같은 순간이다.

입을 다물고 코만 쿵쿵거리며 몰래 웃었다. 여기저기 뿌려놓은 우연이 동시다발적 튀어나오는 순간이다. 누구에게 구구절절 설명해도, 그게 뭔데,라는 대답과 함께 실없는 사람 취급받는 그런 묘한 우연의 순간들. 나만 웃을수 있는 그런 순간이다. 지옥철에서 운 좋게 앉은 자리에서 펼친 <지옥에서 보낸 한철>, 이어폰에서 흘러나오는 김연자의 '아모르파티'와 한강뷰. 삼합보다 더 놀라운 조합을 한껏 느끼며 출근했다.

> 나이는 숫자 마음이 진짜
> 가슴이 뛰는 대로 가면 돼
> 이제는 더 이상 슬픔이여 안녕
> 왔다 갈 한 번의 인생아
>
> – <아모르파티>, 작사 이건우/신철, 노래 김연자

이런저런 공상을 이어가다 보니 어느새 내릴 역이다. 외투 주머니에 시집을 다시 넣으며 '아모르파티'를 다시 플레이했다. 남들에게 얘기하기 어려운, 기분 좋은 순간을 안고 출근하는 길. 오늘 출근길은 발걸음이 제법 가볍다.

제24화

MD의
방송

카메라 뒤편 사람들

"스탠바이, 오 사 (삼 이 일)"

PD는 마지막 숫자 셋을 외치지 않고 손가락으로 숫자를 접었다. 카메라 뒤에 서있는 우리 모두는 일제히 숨죽일 차례. 이제부터 입을 열고 말할 수 있는 사람은 카메라 앞 해사하게 고운 자태로 꾸민 쇼호스트와 게스트뿐이다. 순간 스튜디오는 열기에 가득 찬 적막이 흐른다. 쇼호스트의 밝은 인사말이 꽃망울 터지듯 쏟아지며 방송은 시작된다.

조명이 내리 꽂히는 후끈한 스튜디오 바깥에는 각기 다른 목적을 가진 관계자들이 모여 있다. PD와 FD, 카메라 감독, 브랜드와 관계있는 협력사 직원, MD 등등. 짧게는 몇 십분, 길게는 한 시간 남짓을 위해 몇 날 며칠을 고생한 사람들이 모두 모여 있는 곳. 긴장감이 돈다. 마치 분만실 앞에서 태어날 아이를 기다리는 아빠와 같은 초조함과 비슷하달까. 기대에 차 있지만 미래를 알지 못하는 얼굴들은 굳어 있다.

 온에어 표시등에 빨간불이 들어왔다. 방송이 시작되었다는 표시. 이제 방송 중에는 MD가 할 수 있는 일이 많지 않다. 방송 전에 상품과 가격, 이미지와 노출, 문구와 배너 등 해야 할 일을 이미 완료했기 때문이다. 방송 중 MD는 인입되는 질문에 답변을 하는 일과 쇼호스트와 PD에게 필수적으로 알려줘야 하는 상품 정보를 전달하는 일을 한다.

 고객에게 질문이 쏟아지는 날도 있지만, 별다른 질의응답이 많지 않은 날도 있다. 이런 날은 그저 모니터를 바라보며 올라가는 주문과 시청자 숫자를 바라보는 게 일이다. 이 때 마음속으로 외친다. 많이 사주시고요, 질문은 조금만요. 사랑합니다, 고객님.

그렇다면 나는 누구인가? 뭔 말인가 싶지만 방송하는 장면을 가끔 SNS에 업로드하면, 홈쇼핑 MD였어?라는 댓글이 주렁주렁 열린다. 대댓글을 통해 온라인 편집숍 MD지만 이런 일도 합니다,라고 사뭇 진지하게 적다가 잽싸게 지우고 다른 말을 쓴다. 이런 일도 할 수 있는 즐거운 회사 생활(하트). 회사 내외에 관계있는 다양한 사람들과 맞팔로우를 하고 있다는 것은 나의 워크 라이프에 조금은 MSG를 쳐야 한다는 의미다. 아, 이 글도 마찬가지겠다.

모바일 기기의 발달과 빠른 인터넷 속도는 방송의 영역을 TV 밖을 벗어나게 만들었다. 홈쇼핑도 마찬가지. 채널을 이리저리 넘겨가며 재핑zapping하다가 시선을 빼앗겨 상품을 구매하게 만들었던 예전의 홈쇼핑의 전략에서 진화해 IPTV를 통한 커머스를 거쳐 핸드폰으로까지 사업의 영역이 확장됐다.

방송을 볼 수 있는 곳 어디든 침투했다. 온라인을 통해 레코딩된 영상뿐만 아니라 실시간 스트리밍까지 가능한 지금의 쇼핑은 온라인 MD에게 방송 MD의 역할까지 맡겼다. 장황하게 말했지만, 내 일이 늘어났다는 뜻이다. 물론 월급은 그대로다.

재미있는 방송이라면 누구든지 볼 것입니다. 저는 그런 '뜻밖의 마주침'이 텔레비전의 장점이라고 생각하며, 그러므로 텔레비전 방송으로 작품을 본 사람의 사고를 더욱 깊이 있게 만들어 가려는 생각을 언제나 품고 있습니다.

– <영화를 찍으며 생각한 것>, 고레에다 히로카즈

생방송이 끝났다. 수고하셨습니다. 박수를 시원하게 치고 나서 주문량과 주문액, 유입 고객 수와 댓글 등을 잽싸게 엑셀로 정리. 카톡으로 수치를 공유하고 다시 인사말을 건넸다. 굳어 있던 얼굴들은 어느새 풀려 여유롭다. 쇼호스트와 게스트는 조금 피로해 보이지만 괜찮다. 여러모로 오늘 방송은 꽤 만족스럽다. MD인 나는 주문과 매출 덕분에 뿌듯하다. 매일 이렇게만 나오면 좋으련만.

후다닥 퇴근하고 집으로 돌아와 외투를 던져놓고 TV를 켰다. 어떤 방송이 나올지 모르고 켜는 TV지만 그 방송 뒤에 나와 같은 보이지 않는 사람들이 뛰어다니고 있었음을 생각하니 새삼스럽다. 방송을 마치고 보는 방송에서 '뜻밖의 마주침'을 기다리고 있는 사람들이 보였다. 카메라 뒤의 사람들이.

제25화

MD의
공 간

장서의 괴로움

어느 틈에 벌써 집주인이 책이 되었다. 아침에 일어나니 '내'가 벌레가 되어 있다는 프란츠 카프카의 <변신>보다 현실적으로 무서운 이야기는 바로 집 값. 부동산 가격에 대한 이야기다.

좁은 집, 비싼 월세를 생각했다. <변신>의 내용처럼 차라리 벌레였으면 이 많은 공간들이 필요치 않을 텐데⋯ 라고 생각하며 육 첩 방 안에 널브러진 책들을 바라봤다. 좁은 방에 책상과 노트북, 침대 그리고 그 사이를 꾸준히 메꿔주는 옷가지들. 무엇보다 가장 각지고 부피감이 큰 사물은 바로 책들이다. 언제 이렇게 책을 많이 샀지,라는 혼잣말을 하며 켜켜이 쌓인 책들을 정리했다.

실은 집이 좁다. 번듯한 책장과 책상을 놓고 싶으나 공간이 여의치 않다. 누가 이 얘기를 들으면 몇 천 몇 만 권의 책이 있는 것 같지만 고작 몇 백 권. 물론 이 숫자도 작은 집(집이 아닌 방이라고 하는 게 낫겠다만)에서는 '고작'은 아니다. 활자 중독과 책에 대한 오덕五德* 기질은 나의 작은 공간을 책으로 가득 차게 만들었다.

나만의 오롯한 서재를 갖고 싶다. 번듯한 책장과 책상, 쳐다만 봐도 편한 안락의자가 놓인, 서라운드 돌비 사운드 음악이 흘러나오는 스피커를 갖춘 공간 말이다(상상력은 죄가 없으니). 내 집 마련의 꿈은 물 건너간 지 오래. 내가 하는 부동산 관련 일이라곤 '직방'과 '다방'과 같은 류의 방 구하기 앱 들추기다. 집을 구하는 것보다 방을 구하고 있는 것이 현실. 이런 현실을 망각하고 책 택배가 오면 흐뭇하고, 쌓여있는 책들을 바라보면 왠지

---

* 한 분야에 열중하는 사람을 이르는 오타쿠의 줄임말. 하지만 살아가는 지혜, 다섯 가지 덕목 중 하나로 '덕질'을 들고 싶어 쓴 표현이다.

지식인이 된 것 같은 기분이 든다. 이러한 이유로 책들이 쌓여간다. 구석구석이 읽지 않은 책 투성이라도 말이다. 이런 누추한 감상은 책을 좋아하는 사람이라면 어느 정도 공감이 되겠지?

가로 152mm, 세로 225mm. 대표적인 책자의 판형 가운데 하나, 신국판新菊版 사이즈다. 가로 152㎜, 세로 225㎜의 크기, 판형의 기준이 되고 있는 것으로 많은 책들이 이 사이즈에 속한다. 고작 152 X 225mm인데 이마저도 쌓이면 꽤나 많은 공간을 차지한다. 부동산 가격의 상승은 책을 사고자 하는 생각에 영향을 준다. 책들이 내가 가진 공간을 차지한다는 이유로. 책이 늘어날수록 내 공간이 줄어든다.

그래서일까.

최근 책들의 사이즈가 작아지고 있었다. 무겁지 않은 내용의 책들을 찾는 경향도 있겠지만, 물리적인 크기 자체가 작아지는 추세. 대표적인 서점 사이트 yes24의 월간 베스트셀러 20권의 사이즈를 살펴봤다(MD의 집요함은 이런 데서 발현된다). 단순 판매 순위로 나열한 것이라 시, 인문, 에세이, 아동 등 분야가 다양하지만 대략적인

가늠을 해볼 만하지 않을까.

가로 사이즈는 112~188mm, 세로는 184~257mm까지. 책 종류만큼 사이즈 스펙도 다양했다. 물론 신국판 규격에 맞춘 책들도 있다. 책들의 사이즈를 하나하나 적어보면서 전체를 평균 내어 봤다. 가로 148.6mm, 세로 214.4mm가 나왔다. 대표적인 표준 책 사이즈라 불리는 신국판 사이즈보다 가로는 약 −4mm, 세로는 −9mm 정도 차이가 난다. 책들이 작아진 것이다. 이미 독서 인구 대부분이 아는 사실을 대단한 것처럼 적어본다.

책을 더 살 수 있을까? 책을 산다는 것은 내가 거주하고 있는 공간을 내어주는 일이 되었다. 나의 공간을 내어주며 가지고 싶은 책들은 많다. 하지만 책들이 쌓이면서 걱정도 쌓인다. 생각보다 책이 차지하는 공간이 커진 것이다.

혹자는 이런 말을 할 수도 있겠다. 다 읽은 책을 중고 서점에다 팔면 되지 않겠냐고. 마땅히 맞는 말이다. 물론 그럴 수 있지만 무릇 진정한 오덕이라면, 가지고 있던 것들을 내놓는 게 쉽지 않다는 것을 충분히 이해할 것이다. 책도 마찬가지다. 모으는 맛이 있다. 책들에게 공간을 내어주고, 방 한구석에서 책 제목들을 눈으로 훑어봤다. 책을 읽었던 단상들과 생각들이 영화 <시네마 천국>의 키스 장면 모음처럼 스쳐지나간다. 눈에 걸리는 책을 다시 펼쳐 가물했던 문구들을 더듬어봤다. 이 맛이다. 책을 계속 읽지 않더라도 읽었던 책들이 나의 시야에 들어와 있으면, 주제와 문장들이 생기를 얻고 머릿속을 뛰어다닌다. 책에게 내 작은 공간을 내어주는 이유는 이런 이유겠다.

공간의 값이 비싸다. 누릴 수 있는 공간의 가치가 영국 민화 <잭과 콩나무>의 콩나무 마냥 오르고 있다. 사람들의 소장품들도 축소 지향의 추세다. 어쩔 수 없이 미니멀 라이프. 축소 지향의 소장품 목록 중에 책도 일정 부분을 맡고 있겠다. 그러한 추세를 반영해서인지 책들이 작아지고 있던 것이다. 공간의 값이 책 사이즈에도 영향을 미치고 있다는 합리적 추론을 해본다. 장서의 괴로움을 굳이 따지지 않더라도, 사람들의 공간의 효율을 높이고자 책들도 바삐 작아지고 있는 것이리라.

작아진 책을 가방에 쑤셔 넣고 집을 나섰다. 이동하며 책을 읽는 사람들의 편의성을 위해 책이 작아지고 있나? 스몰백 트렌드를 따라서? 방구석을 굴러다니던 책을 집

으며 별의별 생각이 다 들었다. 그럴듯한 책장을 갖고 싶
다는 생각을 에디슨 달걀 품듯 품은 채 돈 벌러 나왔다.
이 달걀은 부화되지 않는 것이 포인트다.

 이번 주는 책 대신 로또를 하나 사야겠다고 생각했다.

제26화

MD의
카 드

취향을 가리키는 카드 내역서

그러고 보니 올해도 참 많이 썼다. 한 해를 마무리하며 카드 내역서를 살폈다. 초등학교 때처럼 일기 검사를 매일 하지 않는 나이가 되니 그간 행적을 살필 수 있는 가장 직·간접적인 방법은 카드 내역서를 살피는 일이다. 카드 내역서를 찬찬히 살펴보니 올해도 절약과 거리가 먼 삶을 살아왔다.

여러 날, 여러 장소의 소비 기록을 보니 순간 정신이 까마득했다. 사지 않아도 삶에 지장이 없고 먹지 않으면 살이 덜 찼을 것들의 연속이다. 카드 내역서를 일기장처럼 검사를 받는다면 참 잘했어요 도장 받기는 그른 일 년의 삶이다. 부디 아버지와 어머니, 일가친척이 이 글을 읽지 않았으면 좋겠다.

소비를 부추기는 MD의 삶은 견물생심의 연속. 통장을 텅장으로 만드는 일을 아낌없이 했던 올해를 통렬히 반성하며, 어쩔 수 없었다,고 되뇌었다. 고기도 먹어본 놈이 잘 썰고, 소비를 해본 사람 많이 소비를 만들어 낼 수 있다고. 이럴 수밖에 없었다고. 고기로 열심히 찌운 배를 두드리며 카드 내역서를 보고 혼잣말했다.

━ 카드 내역서의 의미

우리나라는 세계에서 가장 카드를 많이 사용하는 카드 사용률 1위 국가다. 신용카드, 체크카드와 같은 전통적인 결제수단이 꾸준한 증가하는 추세에 더불어 모바일뱅킹, 모바일 페이를 통해 결제를 하는 게 어색하지 않은 요즘. 사용하는 카드와 결제 수단이 늘어나면서 따로따로 관리했던 결제 내역을 한 번에 모아서 보여주는 앱까지 등장했다. 몇 번의 살짝 번거로운 작업을 거치면 쉽게 나의 소비 패턴을 볼 수 있는 것이 특징이다.

앱을 통해 일 년치 카드내역서를 모아보니 내가 무엇을 좋아하고 무엇을 자주 행했는지 선명해졌다. 취향이 희미하다고 여겼지만 생각보다 확고한 나만의 취향을 갖고 있었다.

SPA 브랜드를 즐겼고, 책을 꽤나 많이 샀고, 술과 안주, 특히 위스키에는 아낌없이 돈을 쏟았다. 그때그때 세부적인 내용은 달랐지만 몇 가지의 취향을 여러 가지 뉘앙스로 변주해 소비했던 동어반복의 연속이었다. 그럼에도 불구하고 소비는 늘 짜릿하고 새로우니… 이것이 문제다.

스위스산 치즈처럼 구멍이 송송 뚫린 통장 잔고와 나의 취향을 등가 교환했던 지난 일 년. 조금은 반성했다. 취향을 좇는답시고 분별없이 소비했으니 남은 건 빚뿐이다. 정리된 취향을 가지치기하기로 했다. 애정하는 것들은 좀 더 뾰족하고 확실하게 하고, 잔가지 같은 소비는 줄이기로. 카드 내역서를 통해 선명해진 취향을 좀 더 누려보기로.

사람들은 각자 살아가기 위해 자신의 불꽃을 일으켜줄 수 있는 것이 무엇인지 찾아야만 합니다. 그 불꽃이 일면서 생기는 연소 작용이 영혼을 살찌우지요.

— <달콤 쌉싸름한 초콜릿>, 라우라 에스키벨

면세점에서 샀으니까 나름 합리적인 소비야,라며 위안 삼으며 구입한 싱글 몰트 위스키를 따라 마시며 초콜릿을 입에 털어 넣었다. 달콤하고, 쌉싸름하다. 소설가의 말처럼 영혼을 살찌우기보다 옆구리에 살을 찌웠지만 매일을 즐길 수 있는 취향은 날렵해진 기분이다. 마음이 가벼워졌다.(그래서 한 잔 더 따라 마셨다.) 내년은 취향의 불꽃이 일으키는 연소 작용으로 영혼을 살찌워야겠다고 생각했다.

Ps. 참고로, 도통 나의 취향은 무엇인지 헷갈리는 사람에게 추천한다. 일 년치 카드 내역서를 살피는 일을.

제27화

MD의
예찬

미의美衣 예찬

"당신이 먹은 것이 무언지 말해 달라. 그러면 당신이 어떤 사람인지 말해주겠다."

브리아 샤바랭은 이런 멋진 말을 남겼다. 그는 프랑스의 전설적인 미식가 이자 <미식 예찬>의 작가다. 무슨 일을 했던 사람인가, 하고 찾아봤다. 유명한 셰프? 아니면 맛 평론가? 의문을 갖고 책 앞쪽 작가 소개를 살펴봤다. 법률가! 그냥 법률가가 아니라 법률가 집안에서 태어나 프랑스 최고법원 파기원(우리나라로 치면 대법원) 판사까지 거친 지체 높은 양반이다. 허나 현재까지 그의 이름이 회자되는 이유는 법과 관련된 이야기가 아니다. 그가 적은 음식에 대한 이야기다. 브리아 사바랭은 미식에 대한 저작은 노년을 위해 유보해 두었던 재미있는 소일거리라고 표현했지만, 그 소일거리는 미식에 대한 격언이 되었다. 월드 클래스 급의 소일거리가 아닐 수 없다.

<미식 예찬>은 일상의 식사를 미식의 영역으로, 예술의 영역으로 끌어올린 글이다. 이 위대한 작가의 글은 옷의 뒷단에서 MD 일을 하는 나에게도 큰 영감을 줬다. 의식주衣食住의 영역에서 의衣와 식食은 삶에서 꽤나 얽히고 설켜 있기 때문이다. <미식 예찬>을 예찬하는 마음으로, 미식에 대한 그의 몇 가지 잠언을 옷의 영역으로 가지고 와 봤다. 책의 서론을 대신하는 총 20개의 명품 문장을 살짝 바꿔 미의美衣 예찬 버전으로.

━ <미식 예찬> 중 교수의 잠언에서

2. 동물은 삼키고, 인간은 먹고, 영리한 자만이 즐기며 먹는 법을 안다
→ 동물은 입지 않고, 인간은 입고, 영리한 자만이 즐기며

152

입는 법을 안다.

3. 한 나라의 운명은 그 나라가 식생활을 영위하는 방식에 달려 있다.
→ 한 나라의 운명은 그 나라가 의생활을 영위하는 방식에 달려 있다.

4. 당신이 무엇을 먹는지 말해 달라. 그러면 당신이 어떤 사람인지 말해주겠다.
→ 당신이 무엇을 입는지 말해 달라. 그러면 당신이 어떤 사람인지 말해주겠다.

5. 조물주는 인간이 먹지 않으면 살 수 없도록 창조하였으며, 식욕으로써 먹도록 인도하고 쾌락으로써 보상한다.
→ 조물주는 인간이 입지 않으면 살 수 없도록 창조하였으며, 신체 보호와 품위 유지로써 입도록 인도하고 멋으로써 보상한다.

6. 미식은 맛있는 것을 그렇지 못한 것보다 선호하는 우리의 판단 행위다.
→ 미의는 멋있는 것을 그렇지 못한 것보다 선호하는 우

리의 판단 행위다.

7. 식사의 쾌락은 나이와 조건과 나라를 불문하고 나날이 경험된다. 그것은 다른 어떠한 쾌락과도 어우러질 수 있으며, 이 모든 쾌락이 사라진 후에도 마지막까지 남아 우리에게 위안을 준다.
→ 옷 입기의 쾌락은 나이와 조건과 나라를 불문하고 나날이 경험된다. 그것은 다른 어떠한 쾌락과도 어우러질 수 있으며, 이 모든 쾌락이 사라진 후에도 마지막까지 남아 우리에게 위안을 준다.

10. 소화를 못 할 때까지 먹거나 취할 때까지 마시는 사람은 먹을 줄도 마실 줄도 모르는 사람이다.
→ 옷을 과하게 입거나 상황에 어울리지 않는 옷을 입는 사람은 옷을 입을 줄 모르는 사람이다.

16. 요리는 습득이나 굽기는 생득이다.
→ 옷 입기는 생득이나 잘 차려입기는 습득이다.(남다르게 입는 센스의 영역은 생득이라 말하는 이도 있겠다.)

　적용이 어려운 부분을 제외하고 주요 포인트는 먹기와

입기가 닮았다는 점이다. 맛을 보고 옷 입는 일은 모두 우리 몸을 통해 이루어지며, 두 가지 모두 우리가 지닌 욕망의 표현이다. 종교와 사상에서 표현 방식이 달라도 진리의 본질은 유사한 것과 같은 이치다.

매일 입는 옷에 의미를 조금의 의미를 부여해보면 어떨까. 이것이 일상에 즐거움을 더하는 미의美衣의 시작이니까.

제28화

MD의
이 론

결혼식장 방문 이론

사무실 코너를 돌아 내게 다가오는 발걸음을 보면 느낄 수 있다. 계획에 없던 지출이 예상된다. MD의 집단에서 일하는 사람답게 이런 계산은 즉흥적이다.

또 청첩장을 받았다.

축하드려요. 어디에서 해요 예식? 아 강남 거기네요. 그 집 밥 맛있더라고요. 정말 축하드려요. 신혼여행은 어디로 가요? 와 부럽다. 그럼 식장에서 뵐게요.

라고 말했지만 그날 결혼식이 3개인 것을 스케줄러를 보고서야 알았다. 친밀도와 행사의 중요도 순서를 따져봐야 하는 순간. 축의금 금액과 결혼식장 퀄리티(주로 밥이 맛있냐의 문제다.), 위치, 함께 방문하는 지인, 다음 약속의 동선, 주차장의 크기 등등이 연립 방정식의 미지수 값이 되어 머릿속을 떠다닌다. 토요일 오전 11시 30분, 1시, 2시. 그날이 무슨 길일인가 보다. 날씨는 참 좋겠다. 차는 많이 막히겠다. 나는 언제 결혼하지. 둘은 어떻게 만난 거지. 도움 안 되는 생각들을 이어가다가 축의금을 내고 남을 통장 잔고를 떠올리니 우울하다.

결혼식장을 어떻게 가야 하나. 이럴 땐 어린 시절 배웠던 케플러의 법칙을 활용해 본다. 뉴턴의 만유인력의 법칙을 이끌어낸 엄마 같은 법칙이다. 물론 기억이 잘 나지 않지만 이번 기회를 통해 기억을 더듬어 봤다. 독일의 천문학자 케플러 Johannes Kepler의 행성 운동에 관한 3가지 법칙을 적용시킨 놀라운 이론이다. 자, 어느 결혼식장을 어떻게 가야 할까….

▬ 케플러의 제1법칙 : 타원 궤도의 법칙

태양계 내부 행성들은 태양을 하나의 초점으로 하여 타원 궤도를 따라 운동한다. 우리도 마찬가지다. 비슷한 시간대, 멀리 떨어져 있지 않은 몇 개의 식장을 가야 한다. 그렇다면 그중 한 곳, 중심이 되는 지점을 중심으로 하여 운동하게 된다. 이 궤도는 원형이 아닌 찌글찌글하고 기괴한 모양이 되겠다. 때론 지하철 노선표 모양이 될 수도 있겠다.

▬ 케플러의 제2법칙 : 면적 속도 일정의 법칙

행성과 태양을 연결한 선이, 같은 시간 동안 움직여서 만드는 부채꼴의 면적은 항상 일정하다. 문장으로 보니 무슨 말인가 싶다. 이 말인즉슨 태양에 가까울수록 빠른 속도로 움직이고, 태양에 멀수록 느린 속도로 움직인다는 뜻이다. 나와 친밀한 사람일수록 결혼식장을 향해 빠

른 속도로 움직이고, 친밀함이 멀수록 느린 속도로 움직
인다는 의미겠다.

━ 케플러의 제3법칙 : 조화의 법칙

행성의 공전 주기의 제곱은 궤도의 장반경의 세제곱에
비례한다. 그러하다. 뭔지 모르겠다면 이렇게 생각하면
된다. 조화(?)하는 지인의 결혼식장을 우선적으로 스케
줄링하게 된다. 실제로 케플러의 제3법칙은 1법칙과 2법
칙을 통해 유도할 수 있는 법칙이라고 한다. 케플러의 법
칙을 베낀 결혼식장 방문 가설을 통해 유도할 수 있는 바
는 나와의 친분 관계를 우선으로 하여 결혼식장에 방문
하게 된다는 의미다.

결론. 나와 친한 사람 결혼식장을 우선적으로 가게 된
다. 이 말을 하기 위해서 고결한 과학자의 법칙을 이리
꼬고 저리 꼬았다.

받아놓은 청첩장을 사무실 서랍 한 구석에 담아두고 스
케줄러에 결혼식 일정을 채워 넣었다. 그리고 혼잣말로
다시 대답했다. 마음(축의금)만 보낼게요.

제29화

MD의
정 리

스타일링의 시작은 정리

우린 이미 알고 있다. 새해 세웠던 계획은 이루기 어렵다는 것을. 근손실 없이 5kg를 감량하자, 담배를 끊자, 전자담배도 끊자, A고과를 받자, 부동산 투자를 해 부의 추월 차선에 발을 담가 보자, 남북통일, 세계평화 등등. 올해는 좀 더 멋들어지게 하고 다니고 싶다란 목표도 마찬가지로 요원하다.(이건 좀 소박하다.) 매년 그랬듯이, 묵직하고 단호한 목표는 쉬이 구부러지기 마련이다. 여름방학 동그란 시간표 색칠하며 계획 세워본 경험으로 우린 모두 알고 있다. 위에 적어 놓은 계획은 역시 안 될 것이다.

그럼에도 불구하고 목표는 필요하다. 뻔한 말로, 과녁이 없으면 화살을 날릴 수가 없기 때문이다. 화살같이 삶은 앞으로 쏘아지고 있고, 원하든 원치 않든 계획을 세워야 어디든 닿을 수 있다.

올해는 좀 멋들어지게 입고 싶다. 옷을 업으로 하는 MD의, MD스러운 목표다. 많은 사람을 만나는 MD의 실천 강령 아닐까,라고 말할 수도 있겠다. 하지만 누구도 옷을 못 입는다는 말을 듣고 싶고 싶지는 않기 때문에 대부분의 새해 계획 리스트에 담을 만하겠다.

그렇다면 무엇부터 시작해야 할까? 운동과 식이요법을 동원해 몸을 만들고 체형에 어울리는 옷을 찾으면 된다, 라는 멀찍한 얘기는 사양한다. 지금 시작해야 하고, 바로 효과를 볼 수 있는 방법이 필요하다. 그것은 정리다.

가지고 있는 아이템을 정확히 파악하고 분류한 후 입지 않는 옷은 과감히 버려야 한다. 정리의 달인 곤도 마리에의 조언을 가져와본다. 2015년 타임즈지에서 선정한 세계에서 가장 영향력 있는 인물 100인에 선정된 그녀는 '설레지 않으면 버려라'라고 말했다.

어수선하게 늘어진 옷들은 내면의 무질서를 반영한다. 마찬가지로 생활공간이 깔끔하지 않으면 심리적으로도 무언가 불편하게 마련이다. 이런 상황에서 말끔한 스타일링은 불가능하다. 또한 옷을 정리, 분류하지 않으면 가지고 있는 옷과 비슷한 옷을 또 구입하게 될 수도 있다. 마찬가지로 한정된 자원으로 인해 필요한 스타일의 옷을 구입하지 못하는 수도 있다.

그렇다면 어떤 방식으로 정리를 해야 할까. 곤도 마리에는 모든 정리의 첫 시작은 옷에서부터 시작한다고 말했다. 그녀가 추천한 정리 방법을 추려봤다.

■ 모든 정리의 첫 번째는 옷 정리다. 옷은 더 이상 내가 입는지 아닌지 판단이 쉬워 버리기 어렵지 않기 때문이다.

■ 소장하기로 한 옷은 수직으로 정돈한다. 작은 직사각형으로 개서 위로 쌓아 포개 둔다. 정리 후 봤을 때 옷이 정리된 도서관 같이 보여야 한다.

■ 미루지 않는다. 중간에 포기하지 않고 시작했을 때 끝을 보는 것이 좋다. "나중에 시간이 나면 해야지."라는 마음으로 물건을 남겨둬선 안 된다.

■ 버리지 않는 물건에 대한 가치를 정한다. 왜 이 물건이 그토록 중요한지 생각이 나지 않는다면 버려야 한다.

■ 스스로 한다. 타인과 함께하면 정작 버려야 할 물건을 버리지 말라고 설득하는 일이 생기게 마련이다.

1월에 많이 지나지 않은 타이밍에 글을 읽는다면 아직 기회는 있다. 진짜 새해는 음력 설날부터라고. 좀 더 멋진 스타일링을 그린다면 옷 정리를 해보자. 생각보다 (입지 않는) 많은 옷을 갖고 있는 자신을 발견할 것이다. 곤도 마리에의 말마따나 설레지 않은 옷을 버리는 것은 어떨까. 기부 또한 괜찮은 방법이겠다.

제30화

MD의
가 게

떴다 사라지는 가게

내비게이션 앱을 열고 판교를 찍었다. 경기도 성남행이다. 판교에 위치한 백화점에 팝업 스토어를 오픈하는 프로젝트를 맡게 되었다. 루틴한 업무가 없는 MD의 일이지만, 이번엔 제법 무게감 있는 일이다. 이번 일은 오프라인에 진출한 적 없던 브랜드의 첫 단독 팝업 스토어를 여는 작업이다. 이런저런 묵직한 의사결정이 사전에 이뤄졌고 이제 실무자급이 바삐 움직여야 할 차례다. 맞다. 그게 나다.

　주차를 하고 에스컬레이터를 타고 지하에서 위층으로 향했다. 식품관이 몰려 있는 지하 1층을 지나며 음식 냄새를 맡으니 잠잠했던 식욕이 돋았다. 올라가는 에스컬레이터의 속도만큼 배고파졌다. 현장답사와 미팅을 마치면 뭐라도 먹어야겠다고 생각하면서 백화점의 치밀한 위치 전략에 무릎을 탁 치고 싶었다.(서 있어서 무릎을 못 쳤다.)

　백화점 담당자와 현장을 둘러보며 실제 진행해야 되는 갖가지 일들에 대해 이야기를 나눴다. 이건 이렇고요, 이건 안 되고요, 이건 좋겠네요. 네 감사합니다. 연락드리겠습니다. 미팅을 마치니 노트에는 해야 할 것들이 날린 글씨체로 빽빽이 적혀있다. 잠깐, 이건 뭐라고 쓴 거지? 한

참 고민 끝에 암호 해독하듯 필기의 의미를 풀이하고 나서야 미팅의 내용이 갈무리되었다. 머릿속이 정돈되고 나니 잊고 있던 식욕이 다시 동했다. 음식들이 영롱하게 반짝거리는 지하로 내려갔다. 자 일단 먹고 시작합시다.

— 팝업스토어

디지털화된 시대에 오프라인 매장의 의미는 남다르다. 모든 유통 채널이 온라인을 향해 달려가고 있는 이 시점에 오프라인 매장을 연다는 것은 더욱이 그러하다.

(잠시 내 애기를 하자면. 첫 회사에서 오프라인 MD일을 했고, 이직해서 온라인 MD 일을, 팀을 옮기고 다시 오프라인 MD일을 하고 있다. 디테일하게 짚자면, 홈쇼핑과 온라인에서만 볼 수 있던 상품을 바깥으로 끄집어내 실제 매장에서 운영하는 일이다.)

CJ는 홈쇼핑과 온라인 베이스에서 독보적인 영향력을 가진 회사다. 이런 회사에서 오프라인 매장을 연다는 것은 단순히 매장을 열어 돈을 벌겠다는 의미가 아니다. 온라인 브랜드의 옷과 잡화가 나열된 매장을 보여주는 것을 넘어 브랜드의 촉감과 무게를 경험하게 하는 것. 그것이 이번 프로젝트의 목적이다.

백화점에 한 달짜리 팝업 스토어 하나 '그냥' 오픈하는 일이라고 생각할 수도 있겠지만, 비옷에 묻은 빗방울 털 듯 간단한 문제는 아니기에 신중했다. 익숙해진 유통 채널에서 관습적으로 전개되었던, 아는 사람만 알던 브랜드를 새로운 고객의 눈앞에 가져다 놓아야 하는 일이다. 고객은 과연 우리 브랜드를 어떻게 생각할까. 어떻게 보여줘야 할까. 뭐 하나 쉽게 넘어갈 수 있는 문제는 없다. 백화점 지하 푸드 코트에서 수제 햄버거를 우걱우걱 씹으며 풀어야 할 숙제들을 떠올리니 허기가 가시지 않았다(이건 핑계다).

테이블에 앉아 프로젝트의 개인적인 목표를 정리했다. 홈쇼핑 TV와 온라인에 갇혀 있던 옷들에게 사회성을 안겨주자. 사람들의 눈길과 손길을 타면서 살아있는 경험을 하게 하자. 유통 채널 확장의 과정을 통해 건강한 브랜드가 될 수 있는 경험을 하게 하자(생각보다 거창한데?) 정리해보니 지극히 맞는 말이지만 구글, 테슬라 오너 급의 근원적인 생각들이다. 명치가 답답해지며 소화가 잘 안 되는 것 같아 콜라를 벌컥 들이켰다. 겨우 눈이 좀 트였다.

역사상의 획기적인 발견이나 발명을 뒤쫓아 가며 학습하고 있는 우리는 그러한 발견과 발명을 계기로 세상이 단번에 뒤바뀐 것처럼 생각하기 쉽지만 실상을 그렇지 않다.

　　　　　　　　　　- <철학은 어떻게 삶의 무기가 되는가>
　　　　　　　　　　　　中 토머스 쿤 편, 야마구치 슌

단번에 할 수 없다. 조급해하지 말자. 단순하게 가자. 팝업 스토어pop-up store, 우리말로 하면 떴다 사라지는 가게니까 가볍게 가자. 브랜드에 대한 거대한 담론은 살짝 옆으로 치워 놓기로 했다. 일단 보여주자. 그리고 수정하자.

팝업 스토어라는 의미에 걸맞게 빠르게 고객의 반응을 캐치하고 반영하기로 마음먹었다. 메시지가 분명해지고 선이 곧아진 기분이다. 잽싸게 식판을 정리하고 주차장으로 향했다. 해야 할 일들이 정리되었으니 이제 일 할 차례. 내비게이션 앱을 열고 회사 주소를 찍었다. 자 이제 일해 봅시다.

제31화

MD의
봄

파도가 바다의 일이라면,
파는 건 MD의 일

여기저기 꽃이 피었다. 큰일이다.

우박이 몰아치고, 여전한 꽃샘추위가 발열 내의를 찾게 만들지만 남쪽 동네의 꽃 소식은 봄이 왔음을 실감하게 한다. 이때 우리네 MD의 마음은 조급해진다. 사람들이 (나도 물론 포함이다.) 가벼운 옷을 찾기 시작했기 때문. 나름 적당한 구색의 봄옷은 이미 준비했지만, 고객이 장바구니에 무엇을 담을지 늘 미지수다. 그도 그럴 것이, 나도 내 마음을 모르겠는데 생면부지 고객의 마음을 어찌

알까. 그래도 이만하면 되지 않을까 하지만, 이런 변명은
MD에게 통하지 않는다.

김연수 작가는 '파도가 바다의 일이라면'이라 말했다.
우리네 MD는 이렇게 말하겠다, '파는 건 MD의 일'이라
고. 어떻게든 팔아야 한다(물론 준비된 좋은 물건을). 허
나 고객과 MD는 건너기 힘든 아득한 심연을 사이에 두
고 있다. 그 심연 안에서 빛 없이 감각을 벼렸던 심해어
魚처럼 자유롭게 헤엄치고 싶을 뿐이다. 그게 안 되니 앞
이 깜깜할 따름. 자신의 뇌를 먹어버린 멍게처럼 뭉툭해
진 감각을 가진 나란 MD는 그저 이 시린 아이스 아메리
카노만 벌컥이는 봄이다.
속이 싸한, 봄, 아침이다. 그나저나 볕은 참 좋다고 느끼
는 게 다행인 부분이겠다.

비단 MD만 겪는 일은 아니겠다만, 우리네 일은 불확실
성과의 싸움이다. 익숙한 일이다. 하루에도 수없이 쏟아
지는 이쁘디 이쁜 옷들 중 어떤 옷이 고객의 품에 안길
까, 같은 옷인데 왜 저 편집숍에서 살까, 나라면 어디서
옷을 구입할까 등등. 확인이 불가능한 물음만 머릿속에
서 부유하는 매일이다. 정확한 의견을 제시하고, 세밀한

계획 하에 움직이는 일은 일일 아침 드라마 기획팀 실장님만이 가능한 일이다. 김치 싸대기가 현실과 거리가 먼 것처럼, 알파고 같은 예측은 현실에서 그저 요원하다. 지리한 물음과 알 수 없는 숫자, 민들레 홀씨처럼 사방으로 휘날리는 업무에 납작하게 눌린 채 오전을 보내고 점심시간을 기다리는 수밖에.

아기다리고기다리던 그 점심시간. 식사를 마치고 팀원과 이런저런 떠다니는 대화를 나누며 무심히 창 밖으로 던진 시선에, 봄은 이미 마중 나와 있었다. 괜히 엉덩이가 들썩인다. 나가자. 뻔한 비타민 음료 하나씩 손에 들고 나와 기어코 와버린 봄을 살짝 누렸다. 서서히 다가오는 봄, 이 시간만은 걱정을 하지 말기로 하죠? 아직 바람은 차지만요.

> "운명의 집요한 가혹함에도, 인간이란 언제나 날씨가 화창할 때면 희망을 품기 마련 아니겠는가?"
>
> – <여자의 일생>, 기 드 모파상

가뿐히 산책을 마치고 돌아와 하얗게 질려있는 모니터를 바라봤다. 검은 숫자들이 꽃잎 휘날리듯 평면의 모니터 안에서 휘날린다. 눈이 어지럽다. 마음도 그렇다. 그러다 문득, 지난밤 침대 모서리에서 읽은 모파상의 말이 떠올랐다. 인간이란 언제나 날씨가 화창할 때 희망을 품기 마련이니까, 나도 한번 품어봐? 다시 고객과 MD사이의 심연 속으로 들어가 본다. 날이 좋으니 심연을 담은 바다에도 빛이 조금 들어오지 않을까.

고객의 마음은 미지수지만, 겨우내 준비한 옷은 봄 타는 고객을 기다리고 있으니.
어서 오세요 고객님.

책의 뒤에서 ————————————————————

멀끔하게 정리된 책의 원고 파일이 날라왔다. 워드 파일 하얀 바탕 위, 깜박거리는 커서 옆 디지털로만 보던 것이 각진 책의 모양새가 되어 있다. 푸석푸석해 보이던 글이 생기가 돌아 보인다. 약간의 흥분감에 숨을 크게 몰아쉬었다.

<참을 수 없는 존재의 가벼움>에 등장하는 강아지 '카레닌'은 아침에 주인을 깨우고, 같이 빵을 사러 나가며 산책하고, 집에서 낮잠 자고, 재롱을 떨다가 잠드는 삶을 반복한다. 나 또한 마찬가지. 반복 회전하는 원형의 시간을 사는 소설 속 강아지처럼, 일하고 가끔 글쓰고 놀고 일하고 가끔 글쓰고 노는 생활의 반복이었다. 물건의 뒤에서 일하는 시간이 물론 대부분. 책을 통해 동글동글하던 삶의 패턴에 작은 방향성을 더하게 되었다.

이름 뒤에 님, 대리, MD 외에 저자라는 호칭이 붙게 되었다. 작가까지는 아니고 저자. 저자는 책을 내는 사람 누

구라도 가리킬 수 있는 표현이다. 저자를 잡아라,라고 할 때의 그 저자일때도 가끔 있지만 이번에 이 책에서는 책을 내는 사람, 그 저자다.

여기까지 글을 보아주셔서 감사할 따름이다. 책의 뒤를 보는 일은 물건의 뒤를 보는 일과는 조금 결이 다르겠다. 에필로그는 이야기를 끝까지 따라온 독자만이 볼 수 있는 영역이니까. (혹, 뒤에서부터 책장을 넘기는 이가 있다면 어쩔 수 없겠지만요.) 글을 빠짐 없이 보았다면 따로 연락을 주어도 감사하겠다. 커피 한 잔은 내가 살 수 있겠다.

이리하여 책이 세상에 나오게 되었다. 글을 만져준 정영주 에디터님과 여태현 에디터님에게도 감사의 말을 전한다. 힘들 때 곁을 내어준 규원, 미림도 고맙다. 주변은 늘 고마운 사람 투성이다.

마지막으로. 우연히 이 책을 만날 독자분들에게 인사를 전한다. 만나서 반가웠습니다.

우연한 소비는 없다

1판 1쇄 발행 | 2020년 01월 28일

지은이 김현호
편 집 정영주

발행인 정영욱 | **기 획** 여태현 | **교 정** 정소연
도서기획제작팀 여태현 김태은 정영주 정소연
디자인마케팅팀 김은지 홍채은 백경희 | **영업팀** 정희목

펴낸곳 (주)부크럼
주 소 서울특별시 구로구 구로동 237 지하이시티 1813호
전 화 070-5138-9971~3 (도서기획제작팀)
이메일 editor@bookrum.co.kr
인스타그램 @bookrum.official
블로그 blog.naver.com/s2mfairy
포스트 post.naver.com/s2mfairy

제작처 (주)예인미술